背中を抱きたい

玄上八絹

幻冬舎ルチル文庫

CONTENTS ✦目次✦

背中を抱きたい

✦カバーデザイン＝久保宏夏(omochi design)
✦ブックデザイン＝まるか工房

イラスト・鈴倉 温✦

背中を抱きたい

ガラスのように心が透けて見えるでもなし。

平凡に暮らす人間に、隠さなければならない秘密など、いくつもあるものではないのだから、自覚さえすれば簡単なことだ。

「福袋にブルガリ財布、って運が良いんじゃないですか？」

てるてる坊主のように首から下を白いカットクロスで巻かれた自分が映る鏡越し、隣の席にデジタルパーマのロッドを頭に巻いて座っているOLに、環泰之《たまきやすゆき》は明るく笑いかけた。

「えー。だって二年前のブルガリですよー？　あー、惜しい！　っていう感じ」

ロッドに繋《つな》がれたコードにばらばらと音を立てさせ、彼女は一足早いサマーセールの戦利品の感想を鏡の前で漏らしている。このあと睫毛《まつげ》パーマも施術するらしいOL三年目の彼女は、銀のクロスから頭だけを出していてもかわいらしい顔立ちだ。

一つ椅子《いす》を飛ばしてそのもう一つ向こうから。

「今の若い人は、春財布にこだわらないのねぇ。私《わたし》は主人の分と、毎年お正月に買うけど」

白髪染めに来ている六十代前半くらいの女性が不思議そうに言う。そのうしろに立っている、明るい茶髪でふくよかな若い女性美容師が、

「縁起をかつぐ気持ちもちゃんとありますけどー、目の前にブランド物があったら飛びつい

ちゃいますねぇ。来年の春から使おうとか考えても、その頃《ころ》はまた新作が出るし」

ねー。と、鏡越し、デジタルパーマ中の彼女と笑いあっている。

土曜、昼下がりの美容室。

混雑前ののんびりした時間だ。

美容室「Linz《リンツ》」は七席、スタイリストは八名でローテーションの、どこにでもある小さめの個人サロンだ。白が基調の明るい店内にはグリーンが多く、モノクロの金魚が描かれたアクリルパネルの向こうにカウンセリングエリアが二つ。初回と希望時にスタイリストと打ち合わせができる。空《あ》いていればお茶を飲んで帰ることもできる。

ショッピングモールの一本奥の通りにあるくつろげる個人店だ。職場への通り道にあるこの美容院に、一年前から環は通っている。

シャンプーとパーマ液の、美容室特有のにおいが問答無用のリラックスを投げかけてくる。

BGMに流れているのは店長の趣味のゲーム音楽だが、最近のゲーム音楽はそれとは聞こえないくらい凝っていて、クラッシック風なものもハウス系もランダムに流れるところが、環がこの店を気にいったポイントの一つだった。

店長は明るく、メタボが気になるお年頃《ごろ》という、少々ぽってりとしたダンディなヒゲだ。

「俺《おれ》は、そんな高い財布に入れるお金がないなあ。俺の財布は今ね、金曜の十時からやってるドラマの主人公のさ、アレ……」

ＯＬの頭に被《かぶ》せた加熱用の銀のキャップを風船のように膨らませながら、店長が人差し指でこめかみを掻《か》く。

「あの、アレだよ」

「……TOUGH《タフ》のヴェロシティ」

笑うでもなく、手元から視線を上げるでもなく、落としたように一言。

ぼそっと、後頭部に声が落ちてくるのに、環は鏡越しのそれに視線を移した。

自分の髪を切ってくれている男性美容師だ。

「そうそう、あの検察の人が持ってるヤツ」

と、言いながらタイマーをセットしている店長に、女性美容師が、

「あー、今ちょっと流行《はやり》ですよねー。売り切れ出てるって週刊誌に書いてました」

「言っとくけど、俺は昔からこれだよ、エリちゃん」

おもしろくなさそうな店長に、鏡からお客さんに見える角度で、エリちゃんと呼ばれた女性美容師が、ウソウソ！　と、わざと鼻の上にしわを寄せて指先を振ってみせるのに環も笑った。エリちゃんは、自分がカットしている春財布の奥さんに《カラーはいつものお色でよろしいですかー？》と、明るく訊《き》いてから、

「あのドラマの主題歌に、大江戸いち郎が来るとは思わなかったなーって、こないだも店長と言ってたんですよね」

「十七歳とはいえ、演歌歌手だもんねえ」

と、それも目の前に積んである週刊誌の見出しに躍る、大抜擢《ばってき》の新人演歌歌手の名前を挙げた。それに春財布の奥さんが。

「私はデビューの前から注目してたのよ？　《素人《しろうと》のど自慢》の優勝を総ナメで、デビュー直前の……それも良い曲で」

「《かもめ御宿》」

また、背後から彼が。

「そう。それ。ＣＤにはなってないんだけど、コンサートではそれも歌うのよ。それで実は、私、大江戸いち郎のコンサートに来月行くことになって」

「わあ、いいなあ！　お友だちとですかー？」

「いえ、主人とよ」

「何なんですか、その仲良しぃ！　うらやましい！」

と盛り上がる女性二人を横目に、

「しかし、ホントに何でもついてくるね、木ノ下《きのした》くん。ガンダムも詳しいんだよね」

「……」

店長が笑うと、鏡の中で木ノ下――背後でハサミを鳴らしている彼は、軽く視線を下げるだけで謙遜をした。そんな木ノ下に環は鏡越しに笑いかける。

「俺もガンダム好きです。部屋に、デンドロビウムがあるよ」

「二万九千四百円」

と、木ノ下が言う。デンドロビウムというのは、組み立てれば一メートル四方になるガンダムシリーズ一の巨大プラモデルだ。

「プラモデルがそんなにすんの!?」

驚く店長に、

「おもちゃのトモダで一万九千円ちょうど」

品薄の在庫の在りかとディスカウント値段を知っているところがさすがとしか言いようがない。

「木ノ下さんもガンダム好き？」

「……少し」

と答えられて困る。

ガンダムが少し好き、とはどういう状態だろう。

「木ノ下くん、無口だからねえ」

店長も笑ってくれるのが精一杯だ。

言われ慣れているらしい木ノ下は反論するわけでもなく、少しおもしろくなさそうな表情で自分の髪をカットしている。

木ノ下のシザー――――美容師専用のハサミのことをそう言うらしい――――の音は軽やかだ。目を閉じても聞き分けられそうなくらい特別な音がする。密度の高い針を遠くで打ち鳴らすような、りんりんと澄んだ鈴の音に似た音だ。

自分の担当美容師だった。オレンジのTシャツの裾に、《チーフスタイリスト・木ノ下英》とネームタグがある。

少し長めの黒髪にシックなグリーンの毛束が何カ所も混じっている。少なく見積もっても180センチはあるだろう長身の脚は長く、細いローライズの腰に巻いた革のシザーケースはTシャツに合わせたキャメルブラウン。見るたび違う。

スッキリと黒い目元。その左下に泣きボクロはもはや卑怯《ひきょう》だと思う。

細すぎない眉《まゆ》、通った鼻筋の下には大きめの、軽く結ばれた口元。

――――きれいな人だな。

造形的にもそうだが、何よりも彼の生み出す空気が凛《りん》としていてきれいだ。

夏の影のように、寡黙で涼しい立ち姿を彼はしていた。

猫のようなラインを描くシザーの、銀のリングに通る指はセクシーに長い。

親指と薬指をリングに通す美容師独特の持ち方だ。リングから生える突起に小指を添える。

自然伸ばすことになる人差し指と中指は軽く節が立って、見蕩《と》れてしまうくらい、鏡の中の彼の魅力を引き立たせていた。

自分より二つ三つ年上だろうか。美容師らしくオシャレだが、スリムな体型だとか、適度に厚みのある胸元は、彼自身がモデルと言っても十分通用しそうだ。

このてるてる坊主状態で言っても説得力はないが、鏡の中の自分も、大所帯の音楽グループの一員だと冗談を言って信じられそうになったくらいまあまあの顔立ちであるはずだし、身長も高くはないが低くもない。だがグレードでいえばこの男のほうが二つも三つも上だろう。

——目の保養。

鏡に映る彼を眺めながら、ほくほくと環は思う。

環はゲイだ。

実績がないから、多分とつけざるを得ないが、これまでの片恋を振り返ってみると相手はことごとく男だし、一人で単純な性欲を処理するときに、曖昧《あいまい》に想像するのも男だから、きっとゲイなのだろうと思う。

気づいたのは小学校の終わり頃で、それから思春期を悩み通し、高校を卒業する頃には諦《あきら》めて、調理師専門学校に通う間に自分でそれを許容し、就職するに当たって開きなおった。

心の中では《ゲイです！》と、明るく言い放ちたいくらい認めてしまった事実だが、実生活ではそうもいかない。

この性癖を主張して何かを貫くほどには自分はそれを歓迎していないし、宣言する必要があるほど強く欲する相手もいない。多分今後もできない。

女友だちと、親友と名乗り合って抱きあうくらいに仲良くなれるが、セックスは考えられない。だからといって、身のまわりの男性に恋愛感情を覚えても、それをどうにかしようという積極的な気持ちもない。

未来はぼんやりと暗いが、そんな自分でもいいと環は思っている。たとえうまく女性に恋をしたところで、必ず恋愛が叶《かな》う保証はないし、結婚すれば誰もに子どもができるわけでもない離婚しないわけでもない。

ゲイだと認めてから、随分楽になった。

環にとって恋愛は、趣味に近い。

叶わないとわかっている片恋は、いっそ楽しいのだ。

叶わないから期待しないし、どうせ通じないから打ち明けない。友情っぽいものが育っていたら失うのが惜しいし、拒絶されるのがわかっているから深入りもしない。友愛の感情で優しくされたら普通に嬉《うれ》しいし、得をした気分になる。

いいドラマを見れば楽しい。綺麗な熱帯魚を見ればいつまでも眺めていたくなる。ガラスの外から愛《め》でる楽しげな世界。環にとって恋愛はそんなものだ。

最近の楽しみは、この彼だ。

一ヶ月に一度、客として普通にここにやってきて、鏡越しに彼を眺め、男前だなあ、と心を潤し、他愛《たあい》ない世間話を交わしてほくほくと喜ぶ。指で髪に触れられる、鏡越しに見つめてもらう。彼の美意識によって髪を切ってもらう。今までの恋にはない幸せだ。喋《しゃべ》ってしまえばセクハラの域だろうか。

人畜無害のゲイ。

それが環が自分自身に与えた称号だ。

寂しくあっても辛《つら》くはないし、それなりに楽しい。うまく人生を渡れていると思う。

今日も彼の器用な指先に、彼より随分淡い色の自分の髪をさらさらと踊らされながら。

「あの。木ノ下さんは、名前、なんていうの？」

今日は勇気を振り絞る、と決めてきた言葉を環は口にした。

《英》とネームプレートには書いている。

調べてみたが、《ひで》《あや》《すぐる》、人名に当てればいくらでも読み方はあって、どう読んでいいかは知っている人間にしかわからない。

――一人でするときに、ちょっと考えたい。

些細《ささい》で疚《やま》しい環の望みはそれだけだったのに。

「……木ノ下」

「いや。えーと……」

客商売の風上にも置けない。

「そうじゃなくて、名前のほう」

オカズにしようと思っていた手前、若干の後ろめたさを覚えながら控えめに問いなおす。

長めの沈黙を気まずく待って、返ってこない返事に顔を上げると。

「……」

鏡の自分から視線を外し、木ノ下はじっと左を向いていた。

「今回、GR6、入れてみませんか」

木ノ下が唐突に口を利いた。

「え。和田《わだ》さんにGR6？」

視線の先で目を瞬かせるのは、春財布の奥さんのカラーの用意をしていたエリちゃんだ。

木ノ下はあいかわらずぶっきらぼうな声で、

「もう少し明るいほうがいいと思う。嫌じゃなかったら、試してみて」

放り出すように言うと、エリちゃんが慌てて辞典のように分厚いカラーリングサンプルを取り出してくる。

「まぁ……。随分明るいわねえ。派手じゃないかしら」

黒いケープを巻いた和田さんは、今の青みがかった黒髪と、色とりどりに広げられたサンプルの、マロンブラウンの毛束を見比べながら戸惑うような声を出した。

「印象は明るくなりますが、派手じゃないですよー」

エリちゃんは横やりのアドバイスに嫌な顔をすることなく、店長も何も言わない。またシザーを動かし始める彼を、環はそっと窺《うかが》い見る。人《ひと》ごとのように無愛想だ。信頼されてるんだな、と思った。確かに、このとおり言葉数は少ないが、客のことをよく見ているし、話題の引き出しの多さも、ネタの数では板前の自分を凌《しの》ぐだろう。

――あー、いい男。

女子高生のような無責任なときめきを胸に押し込めた。名前は次回リトライだ。カラーの話題に便乗することにした。

「木ノ下さん、その髪の色、いいですね」

ワックスで少し動きをつけた黒髪に、よく馴染《なじ》むさりげないグリーン。動くたび、黒髪からスライドするグリーンの見え方が変わって、彼の表情や言葉より遙《はる》かに感情豊かそうだ。それを褒めたつもりだったのに。

「ブリーチにM9。環さんにはあんまり似合わない気がするけど」

「……」

無口で無愛想な上に、口を開けば結構毒舌なのも知っていた。彼は難しい顔で自分の髪に指を通して。

「染めるの？　きれいな色だと思うけど、髪」

「あ。いや、今日は」

しかも、時々こんなふうに甘く深く刺してくるから始末におえない。褒め言葉でコーティングされたあしらいトークで追いやられたかもしれない。それとも当然あるべきリップサービス？

「染めたいときは、カウンセリング、したほうがいいよ。結構何でも、適当にやるでしょ、環さん」

——なわけはなかった。

「そうでもないよ」

不服の声を環は出した。自分の些細で遠慮がちな期待すら、この男に対しては加減が難しい。

「あっ、そうだ、環くん」

急に店長に話しかけられて、はい、と、環は笑って鏡越しに彼を見た。

「一昨日《おととい》、宮城に行ったタロくんから電話があって、お盆に帰ってくるから、店に遊びに来てって言われたけど」

「ああ、こっちにも電話がありました。お盆の間、向こうの店閉めて短期修業に来るって。タロくん、のれん分けって形で向こうに独立したから時々こっちに来るんですよ。で、マスターに叱《しか》られてる」

タロくんというのは、自分の職場の先輩で、一年前、この店を紹介してくれた人だ。

自分が勤める小料理屋は、小料理屋とは言うけれど、店主が本格的に日本料理とフランス料理を学んだ人で、日本食材を取り入れたフランス料理も、その逆も出る変わった店だった。

「じゃあ、タロくんが帰ったら電話してよ。遊びにいこう」

「はい。待ってます！　いい酒入れときますね」

クロスの上にはらはらと落ちては滑る毛先の下で明るく答えると、

「どっちが客かわかんないなあ」

と店長が笑った。

「《磯月《いそづき》》さん、いい店だよね。環くんが働いてるところもまた見たいし、そうだ、木ノ下くんも行こうよ。まだ行ったことないよね？」

思いがけないラッキーな店長の振りに、クロスの中で親指を立てるが。

「俺、外で酒呑《の》まないから」

客商売だろ、アンタ。と思わず漏れそうな、お愛想の欠片《かけら》もない声で一言、断り文句を零《こぼ》した。

鏡の中で彼と目が合った。嫌な顔をしたら商売負けだ。

「うちは料理メインです」

と、精一杯の笑顔を鏡に叩《たた》きつけてみたが。

「うさんくさい」

「……」

本音としか取れない呟《つぶや》きがぽろりと落ちて、さすがに二の句が継げなくなった。

「もー、この男はカッコつけでねー！」

場を取りなしたのはエリちゃんだ。

「お客さんからモテモテで告《コク》られまくって、私たちとも《ご飯にいく暇ない》とか言うんですよー？」

という混ぜっ返しを振り払うように、木ノ下が、びっと音を立て、襟足でクロスのマジックテープを剝《は》がした。さすがに少し不機嫌そうだ。環も少し愉快になった。

シャンプークロスにかけかえられてペダルを足で踏むと、随分高く上がっていたらしい椅子が空気を吐き出しながら落ちてきて、止まった場所でくるりと回る。

「シャンプーどうぞ」

シャンプー台に連れてゆかれ、椅子を倒されて、背中でもぞもぞと位置を調節する。下から見ても木ノ下はいい男だった。喉《のど》仏の動くシャープな首から顎《あご》のラインがストイックでいい。

それも顔にガーゼをかけられ塞《ふさ》がれてしまった。

もったいない、と、ため息に被るようにシャワーの音がする。渦巻く湯気の気配が耳に触れた。

額の髪を撫《な》で上げられて、毛先から湯の気配が近づいてくる。

「……」

やっぱりモテるのか、と、環は湯気に誘われるようにガーゼの下で睫毛を伏せた。背が高くて、銀のシザーがカッコよくて、オシャレに気を使っているのがよくわかる。それもファッション雑誌のまねごとや流行の寄せ集めじゃなくて、彼の髪のように、自分のことをよく知っているからできる、芯のあるオシャレだ。

大きめのシルバーのバックルがついたベルトと、尖った腰骨に引っかけるようにしてクロスに掛けたシザーケースの色香がすごい。だいたい職人ツールというのは男の色気を増すものだが、彼の腰は破壊力極大だ。

「熱くないですか？」

ぶっきらぼうな木ノ下の声は、耳元で訊くと散らばっていた低音が集まって結構柔らかい。

環は「はい」と答え、大きな手に後ろ頭を抱えられながら、うっとりと白い視界に目を細めた。

シャワーヘッドで撫でるように髪を濡《ぬ》らされ、愛撫《あいぶ》のようにゆるく泡で掻き回される。

彼の胸元の気配が近い。市販にはないシャンプーの香りに目を閉じた。すぐ側《そば》にあるTシャツの内側から、肌に温められた清潔なオリーブウッドのにおいがする。

「……」

環にとって、セックスといえばこれが精一杯セックスに近い快楽だ。同時に生ぬるい地獄でもあった。

とても気持ちがいいことだ。好みの男のにおいに包まれながら、抱きあうくらい近い距離で髪を掻き回されている。

血液を流す場所を間違えて、万が一にもみっともないところを見せるわけにはいかない。勃《た》てるなんて、人畜無害の風上にも置けない愚かな行為だ。

――気持ちいい……。

ただでさえ気持ちいいシャンプーを、好きな男の長い指にしてもらえる快楽。

救いはないが、安上がりでそれなりに幸せだ。

人畜無害のささやかな幸せを許してほしい。

仕事は楽しくて、好きな男を一ヶ月に一回眺めに来て、髪に触れてもらって娯楽を満喫している。これ以上何を望めというのだろう、と、柄にもなく《幸せって何だ?》などと環は考え、幼い頃母親に習った、一般的な幸せのモデルケースを思い出した。

実際のところ、二つのときに両親離婚で、長患いの母の代わりに田舎の祖母に育てられ、それでもグレもせずに高校まで卒業して、もともと好きだった調理専門学校に進学、今の職場に就職。経過はどうあれ無事に社会に出たからつじつまを合わせた人間になりたいと思っていたけれども、何の因果かゲイに育ってしまったらしい。

泣きながら、繰り返し理想を言い聞かせていた母は四年前に他界した。祖母の家も出て、職場は厳しくやりがいのあるところで、人生はそれなりに上々。

十代の頃は、好きな人と交わすキスに憧《あこが》れていたなあ、と、ぼんやりと考えていたとき。顔にかけられた布が下から軽くめくられた。まだシャワーは流れているのに終わりだろうかと思う環は、濡れた皮膚の感触に唇をなぞられて、息を止めた。

下唇の右の口角から、左の端まで。……上も。

湯の気配が残る、少しちくちくとした荒れた指先で辿《たど》られて、白い光で目を塞がれたまま呆然《ぼうぜん》としたが。

「……すみません、つい」

木ノ下がぼそりと言った。

「あ、いえ……」

何が、つい、なのだろうかと思ったが、ガーゼの中でまたたきしながらそう答えるしかなかった。

触れられた感触が残る唇に、また布を戻され、何事もなかったようにシャワーは跳ねる湯音を立てて頭のまわりを流れてゆく。

「コンディショナー使います」

と、言われるからにはまだ途中だ。

なぞられる感触。シャンプーの香りの水滴で濡らされた唇。

平然とした態度に受け流しそうになってしまって驚くタイミングを失ってしまったが、結構——かなりおかしなことではないだろうか。

我《われ》に返ると急にドキドキとしはじめた。

唇に泡が飛んだのかも、と思うが無理だ。とっさに理由が思いつけない。

弱々しい自分の恋愛を司《つかさど》るアンテナが自分に都合よく受け取りたがるのを、環は慣れた理屈で宥《なだ》めた。

——傷つくのは、自分でしょ。

期待をするから傷つくのだ。起こった以上のことを期待しなければ、さっきのだってラッキーだ。

「椅子、起こします」

ほら、彼の声音にも変わりがない。

何だったのだろう、と思ったが、何か理由があったのだろうと環は思うことにした。

《つい》以上のできごとではなかったことだ。テーブルに落ちた水滴を拭《ぬぐ》うくらい何でもないことで、一時間後には彼はもう何も思い出さない、無意識に過ぎてゆく日常の何かだ。

せっかくだから脳に刻みつけようと、先ほどの感触を反芻《はんすう》する。

くすぐったく優しく。唇は内臓の端だというのを実感するくらい鮮明な感触だった。

顔の布を取られたときは、さすがに少し気まずくて目を伏せた。頭にタオルを巻かれる。起き上がる椅子と共に抱き起こされる。両手でタオルごと髪を包まれ、軽く頭を抱かれて優しく拭《ふ》かれる。

——……うわ。

彼の胸に額が触れて息が止まりそうになる。

だが、こんなの美容室では当然だ。彼らは仕事だ。でも。

吐息が聞こえるくらい近く抱かれて、こんなに丁寧に髪を拭かれてしまうものだろうか。

「……っ……」

「……」

自分の疚しい考えが当たり前のことを特別に思わせるのだと、環はシャンプーに疲れたふりをして、一つため息をついた。

彼の長い指の感触がタオル越しにある。鼻先が触れそうな胸元のいいにおいにじわりと照れる。

美容師だからいいのだ、多分。

誰にだって彼はこうする。男同士だから余計遠慮がないだけだろう。

自分がしなければならないことはたった一つだ。

この一方的な甘い地獄に、迷子のような自分の性欲が反応しないよう、歴代ガンダムの名

前でも唱えて、脚の間にどきどきと押し寄せてくる血を脳に流さなければならない。

――――しかし、天国。

これまでいちばんお気に入りの男に髪を洗ってもらって、何の警戒も嫌悪もなしに胸に抱かれて髪を拭いてもらう。

肌に馴染んだオリーブウッドの香りに包まれる。ミントとは違うスッキリと寡黙な香りはクールな彼によく似合っている気がする。

他の職種の男に恋をしたら、こんな状況、ありえない。

「ブローします」

髪が拭き終わられるのを名残惜しく思いながら、膝《ひざ》のストールが取り外される前にさりげなく脚の間が大丈夫なことを確認して、環はまた鏡の前に戻った。

タオルドライの湿った髪。

額を上げた自分の顔は、少し童顔だ。

茶色っぽい目が少し大きく、学生の頃はくっきりした二重を女子に羨《うらや》ましがられていた。

少し頬《ほお》が赤いのに気づいてクロスから出した手先で軽く擦《こす》った。シャンプーのせいだとごまかせるくらいだ。潤んだ目も少し目を伏せていればすぐに治る。

肩を払うような位置からドライヤーが当てられはじめる。鏡越しに盗み見るようになってしまう木ノ下はやはり、長い間おもしろいものを見ていないような憂鬱な様子だ。

シャンプーの間に一人、鏡の前にお客さんが増えていて、先ほどのＯＬはうとうとし始めている。

何も変わりのない、平和な美容室の風景だ。

贅沢《ぜいたく》すぎて自意識過剰なのだと、先ほどの件を環は今日のラッキーとしてそっと胸の奥にしまうことにした。

「ワックス、あんまり根本につけないほうがいい。一度手のひらに伸ばして、指先で、毛先にだけ、捩《ね》じるみたいに」

余計な話はまったくしないが、美容師として木ノ下は親切だ。さっきのカラーのことも、木ノ下と同じ色を入れても自分にはぜったい似合わない。売り上げが上がれば何でもいいという無責任ではないのが嬉しかった。そう思うとき急に。

「……」

木ノ下が、背もたれに手を置いて、鏡越し、覗《のぞ》き込むようにじっと見つめてきた。

シャープな黒い印象。真正面から見る真面目な顔の木ノ下は、心臓を摑《つか》まれるくらい男前だ。

目元のホクロが、彼の表情の乏しさを滲《にじ》み出る艶《つや》に変えている。

どうしてこんな色男に、トドメのようにセクシャルな付属品をつけるかな、と呆《あき》れながらそれと笑顔で戦ってみるが、視線負けして目を伏せる。真剣な木ノ下の視線はプリズムで集めたように鋭くて、これ以上見ていたら本当に惚《ほ》れてしまいそうだった。

木ノ下は「ＯＫ」と、独り言をして離れた。自分の仕事の出来を確かめただけだ。わかっているが心臓に悪い。

ワックスとシャンプーまだありますか、と、ついでのようなセールスに「今日はいいです」と断った。

「お疲れ様でした」

クロスとタオルがはずされると心地よさでため息が出る。頭がスッキリと軽くて、風呂上がりとは全然違う爽快《そうかい》感がある。

そのまま木ノ下とカウンターに行って、ショルダーバッグをクロークから返してもらい、支払いを済ませる。お値段は、店の雰囲気の割には良心的で、安さがウリの美容室より高く、ファッション誌に広告を打つような街の大きなサロンよりはかなり安い。

「カラー入れたいなら、早めに電話ください。考えるから」

隣にいた木ノ下に言われて、木ノ下のそれが好きなだけだと言えないまま環は、わかりました、と笑って、裏通りに出るほうのドアへ歩いた。染めたら店長に怒られるとは言いにくくなってしまった。

「お世話になりました」

自分には花が乱れ咲くスペクタクルでも、何の変哲もない時間はこれで終了だ。

何も特別なことはなかったのだと確認するために、にこりと笑って環は言い、ガラスの扉を押し開ける。自分の頭上の位置で、それを中から支えてくれる木ノ下に、もう一度笑いかけて閉まるドアから手を離したとき。

「これ」

「？」

少し開きなおしたドアから手を差し出され、環は、自分より少し高い木ノ下の視線と、その手に握られたものを見比べた。

「傘。雨」

透明の百均のビニール傘だ。

言われて外を振り返れば、梅雨の低い曇り空から、通り雨ではなさそうな雨粒がぱらぱらと落ちている。

「ありがとう。でも、大丈夫」

と言ったが手に押しつけられた。

「次でいいから。……名前は《エイ》」

声だけでそう言い残されて、素っ気なく閉められたガラスのドアの前に、呆然と環は立ち尽くした。

ガラスの向こうで、彼が高い背中を向ける。呼び止めたくて、もう一度指を上げたが、たとえば開けたとして、出すべき言葉が見つからない。

「……《英《エイ》》……」

呟く声が呪文《じゅもん》のように雨は、水たまりを踏み破ったような急な土砂降りで、環の上に落ちてきた。


小料理《磯月》は、通りから一筋入った場所にある。

小ぶりな看板一つが目印の、わかりにくい細い角を曲がれば駐車場。アジサイの花鞠《はなまり》に白く足下を照らされ、麻ののれんをくぐれば古民家風の小さな土間のホールだ。中央には白磁の一輪挿しに金糸梅がひとさし。奥に進めば大きな生け簀《す》と、その隣から伸びる紅殻色のカウンターが十席ほど。

テーブルが二つ、奥には座敷が三つ。大人数の宴会はうけず、接待や少人数での会食に利用しやすい落ち着いた雰囲気だ。

「――――実は俺、ゲイなんだ」

カウンターの向かいでけろりと吐かれて、環は活鯛《いけだい》の焼きものが乗った土皿を差し出した姿勢で凍りついた。

当然、ゲイという種類の人間が実際に生息していたことへの驚きなどではない。

環はおかしな笑顔のまま、視線をさまよわせてから我に返り。

「え……。あ、新倉《にいくら》さん、が、ですか」

カウンターに座るくらいだから、この店の常連、新倉という男だ。

何度か取引先と訪れたときに交わされた名刺を垣間《かいま》見たときの肩書きは課長。出世が羨ましいと言われていたから三十手前だろうか。

大手健康食品会社の企画部所属で、週一、二回、だいたい平日の二十時くらいに、こんなふうに一人か、取引先らしいスーツを連れてくる。

軽く掻き上げた清潔そうな黒髪に、隣の席に折りたたんだスーツ。体格もいい。甘いマスクの色男だ。いいな、と、来店を楽しみにしている顧客の一人だった。

仕事ができて色気があって、マスターと酒の話ができる数少ない客の一人だ。羨ましいとか妬《ねた》ましいだとか、いろんな感情をひっくるめて掻き立てるところがいい男なのだろうと思っていたのに。

「驚いた？」

と、笑顔で問われて、環は少し戸惑い、いいえ、と答えた。ゲイならここにもと、ぽろりと言いそうになるのをこらえる。

「恋人探し中。なかなか好みのタイプがいなくて」

いいなと思うと彼女がいたりね、と、笑うとやんちゃだが、微笑《ほほえ》むだけなら上品で人なつこい笑顔で言われて、あるある、と、頷《うなず》きたい気持ちを抑え、環は、そうなんですか、と言うにとどめた。

新倉は、出したばかりの柚子《ゆず》の香りの鯛のロワイヤルを箸《はし》先で崩しながら、そうなんだよ、と、ため息をつく。

ぱりっと音がするほど焼けた桜色の皮。輪島塗の紅箸がほっくりと焼けた白身を割ると、ため息のような湯気が生まれる。いい焼き具合だ。

「身体《からだ》はお金で買えばいいけど、そういうんじゃないと思わない？」

その身体さえ買う勇気のない自分はどうすればいいんだろうと思いながら、そうですね、と答えた。確かに、品物のように身体を買ってこのぼんやりとした寂しさや不安が消えるなら、今すぐ銀行から全額下ろしてくるつもりだ。

新倉は少し酔っているように見えた。今までの様子を見ると、随分酒には強いようにも見えたが、疲れているのかもしれない。自分にそんなことを打ち明けるなんて。

「一旦《いったん》、お冷やかお茶をお持ちしましょうか」

「酔ってるわけじゃないよ。環くんに聞いてほしかっただけ」

そんな言葉に息が止まる。

ゲイの自分にゲイだと打ち明けられて、恋人のいない寂しさを告白される。

見抜かれただろうか、普通に振るまっているつもりだが、この人を見る視線や態度に、媚《こ》びめいた何かが表れただろうか。

胸の裏に冷や汗を搔きながら、どうして、と問いたい喉が、言葉を紡げず一瞬空回る。そんな様子を困っていると思ったのか、新倉は少し苦い笑顔を自分に向けてきた。

「環くんって、何か話しやすいよね」

と言われて、そうではないのだと胸の奥で凍った心臓がまた脈を刻み始めると思ったら、今度は壊れそうな早鐘を打った。

転がり出そうなそれを呑み込む自分の前で、新倉はまったくリラックスした様子で、添えていた半月の柚子を、鯛の上に搾り足しながら、

「何を話しても大丈夫っていうか、この店の板前さんだから秘密はきっと守ってくれるだろうけど、そうじゃなくて、苦いもの吐き出したいっていうか。環くんなら、こんなこと言っても軽蔑《けいべつ》したり、聞き流したりしなくて、でも今さら常識を翳《かざ》したりしなくて、聞いてくれるんじゃないかなって思った。迷惑？」

「……いいえ。ぜったい口外しません」

内容は衝撃的だが、カウンターに出る板前冥利《みょうり》には尽きる。料理で信頼を得て客に心を許される。自分を信じて打ち明けてくれたことをぜったいに喋ったりしない。

それに、新倉の悩みは自分の悩みだ。

苦しくて誰かに聞いてほしくても、いちばん打ち明けにくい悩みの一種だ。

酒で吐き捨てられるし、あとで冗談と言える場所とはいえ、言える分、新倉は強いし、恋人ができれば世間をある程度突っぱねられる人間的な自信があるのだろう。

生き方にも仕事にも誇りがある人なのは、磯月で過ごす短い時間のうちにも感じられた。かっこいいと思う。羨ましいとも。

「良い人が見つかるといいですね」

自分の中の性癖を見破られたのではないのだと思うと、素直な人恋しさがそんな言葉を自分に吐かせた。

「新倉さんならきっと」

男として十分魅力的な新倉に、素敵な恋が訪れることを祈っている。

「……」

やはり少し酔っているように見える新倉はじっと自分を見ていた。

白いワイシャツに、黒いベスト。黒いパンツに腰にはギャルソンエプロン。小料理屋というけれどフランス料理との境が曖昧で、イメージを固めたくないということの制服は板前までもがこの格好だ。

「環くんみたいな子がいいんだけどな」

軽く肩を乗り出し、新倉は自分を見つめた。

いい男だなあ、と思うし、もしも本当に新倉がゲイだというなら、新倉とつきあえば幸せになれるんだろうな、と少し想像する。

だが自分は性別ですらなく、恋愛すらも本当はもう怖いのだ。同じに怖いなら、美容師の木ノ下英にほんのり片思いをしていたい。

「俺も、新倉さんに惚れられたらよかったです」

ゲイではないのだというミスリード。新倉は、それを楽しそうな笑顔で受け取ってくれた。

「今からでも遅くはないよ。宗旨替えはどう？」

「俺のファンの子が泣きます」

と笑い合ったらぎこちない空気が払われた気がした。今日の鯛、旨《うま》いね、と言ってくれたから、ありがとうございます、と環は笑った。やっとこなれた石窯だ。厨房《ちゅうぼう》の苦心惨憺《さんたん》は、客の笑顔で報われる。

新倉は輪島塗の赤いぐい飲みに入った辛口の日本酒をきゅっと呷《あお》って。

「マスターに今日のオススメ聞いてきてくれる？　さっぱりした肉も何か食べたいんだけど」

「はい。フィレのいいのが入ってます。赤ワインで仕立てようかって言ってたんですけど、生姜《ショウガ》としぐれで出しましょうか？　日本酒か赤ワインのお好みはありますか？」

「ああ、いいね。しぐれなら日本酒で。辛いのがいいなって、マスターに言って」

「かしこまりました」

カウンター越し、空いた皿を引く。新倉が自分の横顔を見ている。

「きれいな髪の色をしてるね」

「ありがとうございます」

囁《ささや》くような甘い声で言われて、環は素直に笑って礼を言った。

髪の色を褒められるのは、今日、二回目だ。

† † †

――帰っちゃうの!? 環くんの卑怯者ー!

そんな、到底寂しがられているとは思いがたい言葉で引き止められながら、環は《磯月》を十八時に上がった。

だいたい今日は休みのはずで、仕込みの手伝いに来ただけだ。それを卑怯者呼ばわりで引き止められるのは理不尽だった。

板前という仕事が好きだった。ローテーションは休みでも予約が多ければ入るし、引き止められたら喜んで残る。

人と話したい。心と触れたい。

つがいとなるたった一人の人が、この先も一生見つからない自分は、自分の作った料理を食べてくれるすべての客をそれと決めて、料理人として生きて行こうと思った。

だが今日は別だ、と、おもちゃのように軽い百均の傘の、プラスティックの白い柄を握って、環は駅への道を歩いていた。

店にまともに最後まで残っていたら、早くとも零時近くになる。夕方の店が始まって、夕食のピークにかかるともう抜けられないから、あの時間に店を出るしかなかった。

磯月は駅から少し離れた場所にある。

ショッピングモールを挟んで、対角の位置に《リンツ》、更に同じ距離を歩けば駅だ。ほぼ直線上にあった。

昨日《きのう》までの梅雨空は一段落だ。

濃すぎる空気に軽く咳をする。午前中の肌寒さが嘘《うそ》のように、夕方からむんむんとした暑さが溜《た》まりはじめていた。これから梅雨の後半だ。

彼に借りた傘をあまり長く家に置きたくなかった。

特別なものになるのが怖いし、彼がもっと特別な人になるのも辛い。

恋したがりのくせに、惚れるのは嫌だなと思う自分の意気地《いくじ》のなさにうんざりする。

新倉のように、誰か一人でも、自分のことを打ち明けて、理解してもらえる人を作ったほうがいいのだろうか。でも、親しい人に心配はかけられず、友人を失うのは怖い。

吐き出したい気持ちと、深く飲みこんで隠したい気持ち。喉が焦げつくばかりの、行き場のない衝動だ。

少しの孤独と引き替えに、平穏な人生を選んだはずだと自分自身に確認し、環は早々にその傘を返すことにした。

焼け残る夕暮れが雨雲に押しつぶされてゆくのが見える。

人少なな閉店前のショッピングモールを横切り、せまい荒れた二車線の道路を見ながら歩道を歩いた。

すぐに《リンツ》は見えてきて、早い梅雨の夕暮れに、白い灯りを放つウインドウが見えた。

傘を返して、英の顔が見られたらラッキー。

そんな気安い気持ちで手をかけたドアに、《クローズド》のプレートが掛けられているのに、環は開ける瞬間まで気づかなかった。

「あ……」

キラキラのモールに、季節はずれの白いクリスマスツリー。

広く片付けた店の中は、季節を間違えたのかと思うくらい、クリスマスっぽく飾り付けられている。

「わ！　環くんだ！　いらっしゃい！」

と、いきなり歓迎してくれたのは、少し盛り髪風にしたエリちゃんだ。特別オシャレはしていないが、いつもの巻きエプロンとシザーケースを外している。

「おお。ケーキがあるから寄っていって寄っていって！」

と手招きするのは店長で、近所の文具屋の女性店員と会社帰りらしい女の子が二人、端っこでケーキを食べている。春財布の奥さんもいる。英が勧めた髪の色は明るく優しい感じで、爛漫《らんまん》な彼女によく似合っていた。

他に男性の美容師が二人、女性が一人、ワゴンの上には紙皿とケーキとペットボトルのジュース。

「今日、木ノ下くんの誕生日なんです。飛び込み歓迎！」

と、いつものようにエリちゃんに鞄を引き取られそうになるが。

「あ、いえ、俺、借りた傘を返しに来ただけだから」

「リブロのケーキですよー？　木ノ下くんも喜ぶし！」

「いえ、あの、すみません」

誕生日がわかったから帰って星座占いでもしようと、むやみに逸《そ》れたがる頭は考えるのに。

「……寄っていかない？」

うまい断り文句を考える前に、英がエリちゃんの隣に歩いてきて焦る。

「あ……いや、俺。……傘、ありがとう」

と環は傘を差し出した。

彼と特別な日を作りたくない。うっかり惚れてしまいそうだ。だから、

「誕生日、おめでとう。英さん」

どうにか笑ってそう言った。名前を呼んだのは少し馴れ馴れしい感じがしたが、名前を教えてくれて嬉しかったと伝わればいいと思った。

表情を変えない彼は、あいかわらず切れ切れの低い声で。

「うん。二十四。同い年になったよ」

「えっ」

「二十四」

「そ……そうなんだ。おめでとう」

聞こえなかったのではなくて、もっと年上かと――英が二十四と言われればそれにふさわしいように見えたが、二十四の自分より年上だと思っていたから、少し驚いた。

「だから、エイでいい」

「え？」

「同い年なんだから、呼び捨てでいい。《エイ》。環さん」

「……？」

一瞬、理屈がわからなかったが。

おかしなセリフに環は笑った。

「俺だけ《環さん》？」

同い年だから呼び捨てにしろと言ったくせに、英は名字にさん付けにする。確かに名前によく間違えられる名字だ。名前より呼びやすいのか、友人の多くが自分を環と呼ぶ。ぎこちないそれがかわいらしい気がしたのに。

「――アンタ、お客さんだから」

つま先とつま先の間に、シャーペンで線を引くように言われて、

「……そう」

苦笑いが浮かんだ。

名前を呼ばせるのは、彼なりの気安さの手段かもしれない。酷《ひど》いことを考えれば、店長あたりの指示かもしれないし、常連客にはみんなそうするのかもしれない。

「了解、英。せっかくの日だけど、今日はちょっと用事があるんだ。誕生日だとは思わなかったから」

まだ見ていないレンタルビデオが二本、自分の帰りを待っている。

「帰るの？」

「うん」

「わかった。また来て」

そう言って、差し出した傘をまた手渡されるのに、環は思わず彼を見上げた。

少し不機嫌そうだ。おざなりの好意が無駄になったのに腹を立てているようなぶっきらぼうな視線だった。

自分が貸した傘だということも忘れているのだろう。

「じゃあね。環さん」

そう言い残して彼が扉の手を離す。肩の向こうでエリちゃんが笑顔で手を振っている。

ちりん。と鳴ったベルのガラスに環は戸惑いながら背を向けた。そして。

「……ナイス」

水たまりに、針先でつついたような波紋が重なっている。

また、当然の顔をした小さな雨粒が、音もなく落ち始めていた。


夜の部屋で、環は月光のような冷たいテレビの光を浴びていた。

レンタル期間五日を残したＤＶＤは、切ない恋愛ものだ。

兄の友人に恋をした妹。友人の恋人に恋をした兄。

互いを牽制《けんせい》し合う兄妹と、崩れてゆく関係。陽《ひ》の光に逆らえず芽生える剝《む》き出しの恋。

ゆっくりと揉《も》み壊されてゆく恋愛模様が網膜に細切れに映って過ぎてゆく。

本格的に雨が戻ってきたのは先ほどからだ。

パッケージの紹介文よりかなりヘビーだと、恨みたい気持ちで環は右膝を抱き寄せた。

リンツから駅まで、雨は傘を差すほどではなく、差したい気持ちにもなれず、それを汲《く》んだかのように雨が大粒に変わったのは、アパートのエントランスが見えたときだった。

外は、遠雷を伴う豪雨だ。

渡し損ねた傘も、鞄の中に入れていった折りたたみ傘も無意味だった。

「……」

環は床に座って、床に開いた透明の傘越し、床に置いたテレビを眺めていた。

透明の傘の向こうに、人影が歪《ゆが》む。

《――だって、アニキの友だちだもん！》

恋をしてはならないと、セーラー服の少女が叫ぶ。

こういうのは映画だからおもしろいのだ。

実像がない液晶の向こうで、他人事《たにんごと》だから無責任にその荒れっぷりを楽しんでいる。

壊れようが人が死のうがドラマの中だ。泣いても忘れる。他人の波瀾《はらん》をいい話だったと涙ぐむ。だが。

《リアルは勘弁》

映画の中の男が言う。本当に、と環は同意した。

恋はしない。ゲイだから――ゲイでなくてもできる気がしない。

人が怖い。触れるのが、心を傾けるのが、気持ちを知られてしまうのが。心を握ってくる手のひらは、きっと焼けつく鉄のようだ。

もしもうまく愛を手に入れても、その瞬間から失うことを考えなければならないなんて、想像するだけでも気が遠くなる。

距離がわからなくなる。落ち着けるのは鏡の中に隠れるようにして覗く、向こうの世界を見るときだけだ。

生きていていいのは、受け入れられるのは、鏡の中の自分だけだ。

《いい子になるからッ……！》

「……ッ……！」

必死で言いつのる彼女の声が、自分の幼い頃の声に重なって、慌ててリモコンで再生を止めた。

――ごめんなさい、お母さん、いい子になるから。だから――！

環はピリピリと痛む左肩の裏を、握りしめるくらい強く摑んで額を膝に押しつける。

必要とされないことはわかっていた。でも、居ることだけは許してほしかった。息を殺して、少し離れた場所で静かに笑って、どうにか人の目の隙間《すきま》を生き延びた。

もう何ものにも脅《おびや》かされず、多くを望みさえしなければ、生きていることを見過ごされる安心と自由を得た。日々は楽しく、仕事にはやりがいがあって、それなりの夢もあって。

なのに。

どうしてこんなに居場所がないのだろう。

雨音に塞ぐ耳の奥が、記憶の声を再生する。

——じゃあね、環さん。

自分が望んだ距離をあけた彼の一言に、自分が立つ崖《がけ》を切り落とされる気持ちがする。


「今なら平日でも有給取れそうなんだけど」

とろりと煮付けられた、琥珀《こはく》のような半透明の大根をきれいな箸取りで崩しながら、新倉は男前の顔立ちを微笑ませた。

だしで煮込んだ京風大根に牛のテールを添える。田舎風だがローズマリーの風味が爽《さわ》やかに染みた、身体に優しい一品だ。

映画のレイトショーに誘われたが、店が終わる時間では間に合いそうにないし、環の休暇は平日だ。気になる映画ではあったが、会社員の新倉とは時間が合わないと断ると、新倉はそんなことを言った。

「いえ、そんなの、悪いです」

「その映画をどうしても見たいんだけど、一緒に行く人がいないんだよ。男一人で映画館って何か嫌だろ？　つきあわない？　奢《おご》るから」

何もしないよ？　と、新倉は茶化《ちゃか》して笑うけれど。

本当に新倉は自分のことを何も疑わずに、ただ寂しいから誘っているのだろうか。《もしも万が一気が変わるようなことがあったら俺との恋愛を考えてみて》と、冗談ぶった誘惑は本心だろうか。本当に自分がゲイだと新倉は気づいていないのか。本当に？

「嬉しいですけど、すみません」

気がつかれていないなら、余計にしっぽは出せない。

自分の性癖など誰にも話していないし、今まで一度も気づかれたことがなく、どんなに親しい友人にも打ち明けたことがない。

踏み寄られると警戒する。人との違いに用心深くなる。他の人と違って見えはしないかと、そればかり考えて過ごした日々もあった。

「どうしても？」

「はい。映画の感想なら是非ここで伺いたいですけど」

正直言って、新倉は好みだ。

十七歳まで野球で生きてゆくつもりだったという、厚みのある逞《たくま》しい身体つきは自分にはひどくセクシャルに見えるし、優しくて仕事ができそうなくせにこんなふうに甘ったれたり、茶化したり少しだけ押しが強いところも、自分に恋愛ができたらきっと流されてしまいそうなくらい、魅力的だと思う。

もしも気づいていないのなら、新倉に落とされたふりで新倉とつきあえば、幸せになれそうな気がする。映画を一緒に見に行って、違う世界と繋がる職場の話を聞いて、楽しく過ごせるのではないか。同性同士の恋愛を認めてくれる人とそれを育《はぐく》めば、自分でも、あたたかい何かを手に入れられるのではないか。

少なくとも、傘やカットというきっかけがなければ顔を見に行く口実さえない英を想《おも》うより、報いはある。

――それも突っ返されてしまったけれど。

小さなアパートの玄関で、ぺたんと巻かれて倒れている透明の傘のことを環は思い出した。

「いい板前だね」

自分と喋りたかったら店に通え、と受け取られてしまった感じの新倉の答えに、言い訳をしようとする目の前に。

「時間が空いたら電話して？　仕事で出られないときは折り返すから、遠慮しないで」

カウンターの上に名刺を一枚、新倉は差し出した。環の胸に刺さっていたオーダー用のペンに、貸して、と言って手を伸ばし、名刺の端に携帯の電話番号を書きつける。

差し出されたそれを、環は大切に受け取った。だが。

「なかなか難しいです、新倉さん」

嫌悪からの拒否ではなくて、新倉とは生活時間が本当に合わないことをどう説明すればいいのだろうかと思いながら、丁寧にそれを胸元にしまう。そのとき。

「あの、ごめん、環くん」

と呼びに来たのは、パートの楠《くす》という女の子だ。真《ま》っ直《す》ぐな髪をショートにしていて、耳元に一本留めたアメピンが、きりっとした印象のある女性だった。就職難民二十三歳。ここにしてしまえばいいのにと思うくらい仕事ができる子だ。

新倉に一礼を取って少し奥まり、なに？　と声を潜めて耳を寄せる。楠は、環をのれんの陰に呼び込み、困ったような小声で。

「奥の座敷、行ってもらえないかな。酔っぱらったお客様がいて、ほのちゃん、おしり撫でられて」

「徳一《とくいち》さんとこ？」

今日の奥座敷は、お得意先の地元の木工業者だ。手のかからないご贔屓《ひいき》様のはずだが。

残月

「そう、徳一さんのお客様が、お酒が過ぎてて」

「了解。俺が行こう」

徳一木工はうちの上得意で、マスターのささやかな心遣いに気づいて喜んでくれる、環も好きな客だった。社長も夫人も好人物だが、彼らの招く客のすべてがよい酒癖だとは限らない。

「ごめんね、環くん」

「いいよ。社長もお困りだろ？」

酒癖など呑んでみるまでわからないものだ。料理がメインの店とはいえ、酒も饗《きょう》す夜の飲食店だ。珍しいことでもない。

厨房に戻って、マスターに「上がります」と声をかけ、頼むと背中を叩かれてそれを請け負う。

廊下の端で、お盆を胸に抱えたほのちゃんが泣きそうな顔で頭を下げた。せっかく慣れてくれそうな大学生のアルバイトだ。かわいそうな目に遭ったと思う。楠がうまくフォローしてくれるといいけれど。

奥の座敷からは落ち着かない音がしていた。

「池田《いけだ》さん。今夜はそのくらいに。おい、タクシー呼んでもらえ」

社長の声だ。「らいじょうぶらいじょうぶ！」と、それをつっぱねる、ろれつの回らない声が聞こえる。

「失礼します」

膝をついて座敷の襖《ふすま》を滑らせるのと、夫人が部屋を出ようとするのが同時だった。

「ここの店は、料理が出るのが遅い！」

と、自分を見るなりその虎《とら》は声を張り上げた。悪気のない、典型的な酔っぱらいだ。

「魚焼くのに何時間かかってんだ？　注文してから釣りに行くのかこの店は！」

廊下の手前までに、座敷は滞りなかったと楠から報告を聞いている。特にマスターからも何も言われていない。言いがかりだ。――だから、客の文句に対して、ひたすら頭を下げるしかない。

「申し訳ありません」

と、環は部屋の入り口で頭を下げた。それに社長が慌てて、

「いいんだよ、酔ってるからこの人。池田さん、いいから座って」

「ごめんなさいね、タクシーを」

夫人はタクシーを呼んでくれ、と、手に折り曲げた紙幣を握らせてくる。社長に腕を引っ張られながら虎は更に暴れている。

「ちょっと、兄ちゃん！　さっきの人、呼んできて！　だいたいここは教育もできてない。人の話の途中で立ち上がっちゃいけないと、親は教えてないのかね！」

「申し訳ありません、私が伺います」

難癖をつけて座らせて、延々と説教と武勇伝を語るタイプなのだろう。大学生のほのちゃんには、まだ逃げ出すスキルはなさそうだ。

「アンタじゃない！　馬鹿にしてんのか！　どうなってんだ、この店は！」

「上の私の責任です。行き届かず、申し訳ありません」

自分が頭を下げて気が済んでくれればいいし、料理に関する不満なら調理をする自分が直接聞いたほうが勉強になる。酒も料理の一部と扱う店の店員であるからには、酔った客に殴られた数など自慢にしかならない。

酒はそんなに出ていないはずだ。店に来たときはすでに随分呑んでいたのだろう。料理もまだ途中で、一人ずつ配膳された、鴨《かも》の蒸し物が乗った五徳もまだ勢いよく燃えている。

「店長呼んでこい！　こんな若い兄ちゃん出てきてどうすんだ！」

「池田さん！」

そう言われて簡単に譲るわけにはいかないし、店長を呼ぶタイミングは襖の向こうで楠が計ってくれている。

「オマエじゃ話にならん！　店長呼べってのが聞こえないのか！」

怒鳴り声と同時に、ガシャン！　と派手な音がして、酔っぱらいの怒りより、こだわって揃《そろ》えた食器が心配になって顔を上げる。

「駄目だって！　池田さん！」

社長の叫びと同時だ。

「！」

酔っぱらいは火のついた鍋用のろうそくを素手で摑んで自分に投げつけてきた。

「！」

耳元で、じりっという音がする。とっさに振り払ったが、襟に蠟《ろう》が滴って炎が残る。

夫人が悲鳴を上げた。社長が池田氏の腕を放り出しておしぼりを摑み、こちらに慌てて近寄ってくる。

「環くん！」

異変を感じた楠が襖を開ける。自分を見るなり楠は慌てて自分の耳の下あたりを手で払おうとした。

「！」

覚えのある独特の焼けたにおいがする。痛みはない。髪だ。社長が濡れたおしぼりを耳元あたりに押しつけてくる。少し燃えたかもしれない。

「池田さん！」

同席していたもう一人が池田氏を引き止め、溶けたろうそくを摑んだ手を見せろと言っているが、彼はあいかわらず意味のわからない文句を言っている。フロア係の女の子が楠に呼び集められておしぼりとぞうきんを持って駆け寄ってくる。奥から、マスターの右腕の先輩板前が出てきて、楠が彼に「お願いします」と言った。

「お客様の手を」

「私がやるから！　来て、環くん！」

楠に引きずられて廊下に出される。擦れ違うバイトの女の子に楠が《ボウルに氷いっぱい入れて部屋に届けて》と言いつける。

「大丈夫か、環」

マスターに送り出されたのだろう同い年の村上《むらかみ》が廊下の向こうに待ち受けていて、楠から自分を引き取った。板前ではいちばん年若い自分と、同い歳の村上は、普段《喧嘩《けんか》分け要員》だ。

彼に腕を摑み寄せられながら。

「うん。全然オッケ。どっか焼けた？」

「髪が焦げ臭い、何これ。蠟？」

と、やはり村上も左耳と肩のあたりを触る。髪がちくちくと引っ張られている感触がある。蠟がこびりついているのだろう。胸元にも水色の雫《しずく》が垂れて固まっている。

「五徳のろうそく投げられた。でも、どこも痛くない」

「とにかく外出ろ。水があるとこ。襟の中とか大丈夫か」

と言って、村上はぐるりと襟のまわりを手早く叩いた。調理場を通りすぎ、裏から玄関横に連れ出される。

途中、マスターに大丈夫かと問われ、大丈夫です、と笑って答えた。声が震えている。

「……っ……！」

――そうじゃない。

急に渦巻く暗い目眩《めまい》に抗《あらが》うように環は自分に言い聞かせた。

わかっている。髪が燃えるにおいのせいだ。間近で見た炎のせいだ。

――そうじゃない。

今はあのときではなくて、客が投げつけたろうそくのせいで、毛先が少し焦げただけで、どこも熱くない。痛くない。

《いい子になるからッ……！》

鼓膜の中から斬《き》りつける記憶の声に、急に崩れそうで、思わず村上の腕にしがみついた。

「環？」

「大……丈夫、ごめん。すごいお客さんだったね」

幕が落ちるような暗闇が襲ってくるのを目を閉じてやり過ごす。

――笑わなければ。と思う。

笑って、大人しくして、愛想良くして、少し離れた場所で誰とでも打ち解けて、居場所を守らなければ。

存在しても無害であること、手がかからないこと、役に立つことを証明しなければ、やっと見つけたこの場所さえ失ってしまう。

奥歯が鳴るのを噛《か》みしめると、息のしかたがわからなくなる。

「環。環、どうした。どこか打った？」

マスターには少し話してある。いくら安全に気を配っても調理人だ。火を使う仕事だから、万が一にもパニックになったら困る。時間をかけて少しずつ慣れて克服したつもりで、今まで一度もこんなことはなくて、フランベも大丈夫だったのに、髪のにおいが不意打ちだった。

「……！」

ぼうっと低い耳鳴りがする。息を吐いたらカチカチと歯が鳴って、背骨に響くその振動が風のように不安の炎を煽《あお》った。

「おい、環！」

「大丈、夫。お母さ……」

笑顔を作る。ヒューヒューと鳴りはじめる喉から、押し分けるような声を出す。詰まる喉を咳でこじ開ける。喘息《ぜんそく》のような音になった。まずい。

「大丈夫。一人でできる」

《ごはんも作れる。お着替えも自分でできるよ、お母さん》

「一人で、大丈夫だから……！」

前髪の下、手のひらで支える記憶が重い。

面倒も迷惑もかけない。手を煩わせない。

ああ、そういえば、一人で自分の食事を作るようになって、それが楽しくなって調理人を目指そうと思ったんだったな。

左の肩裏の薄く引き攣《つ》る皮膚がぴりぴりと痺《しび》れるのを感じながら環は思い出した。

手のかからない、よい子であることを証明しようとして自分の食事を作るようになった。

だんだん上手くなって、必死で、緊張して、安堵して――それに楽しさを覚えたのはいつの頃だっただろう。

全部一人で。いつも笑って。

母親の視界に入ってても見過ごしてもらえるように生きようと、思ってはじめたその行為が、人に届くかもしれないと思いはじめたのは。

《――燃えてしまえばいいのに》

四歳の記憶だ。母親の虚《うつ》ろなそんな言葉と、思わず指で摘《つま》んでみたくなるようなライターの、きれいな蒼《あお》い、小さな炎が鮮明だった。

肩に服の上から火をつけられて、その後自分や母親がどうなったかは覚えていない。

気がつくと病院で、そばに母親もいた気がする。

化繊が溶けて高温で焦げついた火傷《やけど》は深く、入院しているうちに母親も入院し、祖母に引き取られて学校に通えるようになる頃には、母は心と身体を病んでいた。

離婚した母が、自分を一人で育てていた苦労と辛さを知ったのは、少し大きくなってからのことだ。身体の弱かった人だと聞いている。思いつめたのも容易に想像できた。だから、母を恨む気にはなれない。でも。

——俺は燃えたほうがよかったの?

頷かれるのが怖くて、訊くことができないまま——今も胸の底に残酷な問いは残ったままだ。

一人で何でもできて、笑っていられれば大丈夫だ。

誰にも触らないように、一歩足を引いて、鏡の奥を覗くように見るだけなら、誰にも気づかれず、自分はうまく生きてゆける。

「環!」

「……あ」

肩を揺すられて、前のめりの身体を村上の腕に支えられていることに気づく。こんなことで倒れたくない。

「大丈夫」

「全然そんなふうに見えない!」

叱る声音で自分を支える村上に、うまく笑顔が伝わっていないのだろうかと心配になる。

「――――あれ？　環くん？」

呼びかけられて、朦朧《もうろう》と顔を上げる。のれんの手前。入り口の灯りの中に、数人の人だまりの影がある。聞き覚えのある声のような気がする。暗くてうまく見えない。気配は砂利を鳴らして近寄ってくる。

「環くん、どしたの？　具合悪いの？」

「……リンツの……。店長」

覗き込まれてようやくわかった。愛嬌《あいきょう》のあるシワのタレ目に熊ヒゲ。

「平日だから予約なしでも大丈夫かな、って。で、どしたの？　貧血か何か？」

ええちょっと、と、答えかけた村上に、環は首を振った。

「大丈夫です……、せっかく来てくれたのに、すみません。……すぐ戻りますから。中へどうぞ。お席はあると思います」

「手伝おうか？　けっこう具合悪そうだけど」

「いえ、大丈夫です」

と答えて環は、店長を見上げている変な姿勢に気がついた。いつの間にか地面に膝をついている。崩れたのだろうか。

村上が心配そうに肩を支えてくれている。

「今日は帰れよ、環。マスターには言っとくから」

立とうとして膝が抜けたように落ちる自分に村上が言うのに、大丈夫だと首を振ると同時に背筋にぬるい汗が流れた。気持ちが悪い。

「環」

「何でもない。大丈夫だから！」

問題なく普通でいなければならない。鏡の中を覗くことさえ禁じられたら自分は。

乗り切ったと思う暗闇がまた足下に穴をあける。失墜感に襲われて、思わず地面に指を伸ばすとき。

「！」

急に背中から抱き込まれるようにして支えられ、環は息を呑んだ。

覚えのある、シャンプーと、ごく控えめなオリーブウッド。

「俺が連れて帰ります」

「英……」

夜が余計に視界を曖昧にしても、自分の胸元を掬《すく》うように抱く、指の長さを見間違うはずがなかった。

「あ、そうだね、そうしてあげて」

と店長が明るく言う。それに英は頷き、

「タクシー呼ぶ？　歩ける？　この人の荷物とか」

自分を抱き支えたまま、村上と自分に尋ね、腰から手早くエプロンをほどいた。

「わ。すみません……！　とりあえず、環の荷物を」

甘えていいか迷った声の村上は、思い切ったようにそう言って、英に自分を預けて手を引いた。

「待って、村上。大丈夫だから」

「どっちにしたって、おまえは帰れ。お客様は中へどうぞ。環は座らせといたらいいですから」

そんな村上の言葉に逆らうように、英の腕がぎゅっと自分を抱いてくる。いつの間にか、向き合うように抱き込まれていた。寄りかかっていいのだと、うしろ頭を軽く押えて、胸に額を押しつけるように抱かれている。

「連れて帰ってあげて、木ノ下くん。大丈夫。美容師だから慣れてる、環くん」

宥めるような店長の声が、腕を撫でる。

「立ち仕事に貧血、つきものですから」

励ますような高い声はエリちゃんだ。

「……っ……」

身体の震えに止まれと念じる。頭の芯がきい、と絞《しぼ》られるだけで逆効果だ。震えはひどくなるし、息がうわずる。大丈夫だという一言が出せない。笑顔が作れなくて余計怖くなる。奥歯が鳴るのを噛み切れない。

「――すみません、リンツさん！」

村上の声が帰ってくるのはあっという間だった。村上は、英から自分のエプロンとベストを受け取り、肩にジャケットを着せかけてくれながら。

「荷物、バッグだけだな？　マスターも《帰れ》って。タクシー呼ぶ？　一回中入る？」

「じゃあ、僕たちは中に入るよ。頼んだよ、木ノ下くん」

店長とエリちゃんと向こうにいた二人は店に立ち寄ってくれるようだった。

「だいじょうぶ。すぐ」

少し休めばすぐに戻れると、逆らおうとしたが。

「……。このまま帰る……。ごめん、村上」

意地で戻っても、今すぐいつものように働ける自信がない。心配をかけるだけだ。理由をどう説明すればいいのかもわからない。

「いいよ、中も落ち着いたから」

「俺が送ります」

と、英が言った。村上は一瞬考えるような呼吸を挟んで。

「お願いします。すぐにタクシーが着きますから、それにもう一台呼ぶように言ってください。リンツさんの帰りのタクシー代は、ウチにつけて。わかる？　環」

「うん。でも、大丈夫だから」

「無理すんなって、頼むから。……すみません、リンツさん。後日お礼に上がります。環が大丈夫だったら、どうか寄ってってください」

「いえ。もともと来たくはなかったんで」

英はあいかわらず場を読まない言葉を吐いたが、村上はそれをどうにか気遣いとして受け取ってくれたらしい。

村上は、よろしくお願いします、と、英に頭を下げた。そして明日も無理すんなよ、と言って心配そうな顔で離れてゆく。池田さんの始末と自分が抜けた厨房で慌ただしいはずだ。

「――――……」

頭の上。暗く渦巻く夜空で、ごうと風が唸《うな》っている。

橙《だいだい》色に灯る磯月の玄関を遠目に見ながら、英にゆるく抱き支えられて取り残されていた。

「……ごめん。もう大丈夫」

震える身体を懸命に彼から剥がした。胸を押した手が震えていて、その上でぎゅっと指を握った。

焼き付いたようなそれを、必死で自分の胸の前に抱き込んで、

「もう平気」

環はどうにか作った笑顔を英に向けた。うまく立つことができた。徐々にだがパニックは去ってくれるようだ。

「貧血？」

「うん。急に気分が悪くなっちゃって。修業不足だよね。板前なのに」

と、今度はちゃんと、笑顔を作れた。それを英の少し冷ややかな視線が見下ろしてくる。

「貧血って、そんな震えんの？」

「……ちょっとびっくりしたから」

「髪、焦げてる。どうしたの」

蠟がこびりついて引き攣る髪を撫でられて、急に込みあげる恐怖や安堵《あんど》、彼が切ってくれた髪を焦がしてしまった罪悪感で、一瞬息が詰まる。だがそれも。

「ろうそくが髪に当たっただけ。かっこわるいね」

どうにか笑ってごまかした。蠟ってシャンプーで落ちるの？　と訊いた声は随分はっきり出るようになって、少し安堵の息が漏れた。それに。

「泣かないの？」

笑顔の自分に英は訊いた。

「髪焦がしたくらいで？」

うまく笑えていなかっただろうかと、環は笑いなおした。声の震えも笑いに紛れたはずだ。

だが。

「泣けばいいのに」

何でそんなことを言うのだろう。どう尋ねていいかわからず、曖昧に開いた唇に。

「――……」

小さくはっきり点を打つ目元のホクロ。睫毛が黒いな。と、至近距離で伏せる英の瞼《まぶた》を見ながら、唇に柔らかい感触を覚える。

ぬくもりを感じただけで離されたそれに、数瞬呆然とし。

「なん……何で……！」

両腕を深く摑んでいた英から、大きく一歩下がって彼を見つめた。英は少し困ったように自分を見ていた。

「震えてたから」

「えっ……？　あ――……」

英の言葉の意味がわからないのは、動転しているせいだけではないはずだ。

キスした理由が震えているから。そうじゃなくて、震えていたからと言ってキスされる理由がわからない。

「が、外国住まいでもしたことがあるとか？」

冗談めかして笑った。今度は本当に、笑う以上にふさわしいリアクションが見つからなかった。

どうしても理由を見つけたかった。意味がわからない英の行動に、勘違いしたがる胸の奥が痛くなる。英は、余計わからなくなりそうな、冷ややかで不可解な表情で自分を軽く睨《にら》んだ。訊くのは怖かったが。

「そういう習慣あるの？　英」

このさい英がアメリカ生まれでもよかった。家族的親愛なら舞いあがるくらい嬉しいし、そうでなければ本気で理由を問わなければならない。だが英は余計にいぶかしい顔をして。

「キスは、アンタ……」

と言いかけた。その背中の向こうに。

天井にランプを載せた黒いタクシーが停められた。酔っぱらいを抱えた徳一木工のためのものだ。

「歩ける？」

タクシーで帰るなら、あれに無線でもう一台呼んでもらえと言われていた。だが。

「うん。いらない。歩けるよ。俺はもう大丈夫だから、英も……中にどうぞ。ごめん」

咳も治まり、詰まったような喉元の苦しさも、キスで吸い取られたかのようになくなっている。

「本当にただの貧血だから、一人で歩いて帰れるよ。英は、うちに来てくれるの初めてだよ

ね？　俺はこのまま帰らせてもらうけど、中でおいしいもの、食べていって。今日はフィレと鱚《きす》のいいのが入ってる」

そう言っている間に、のれんの中からその徳一木工夫妻と、池田氏、彼の連れらしいスーツの男性が池田氏を取り囲むように出てきて、ぐだぐだと喋り続けている彼をタクシーに押し込んでいる。

見送りに出たのは逆光を背負う楠女史だ。とびきり笑顔の気配だが塩を摑んで投げつけそうなオーラが立ち上っている。

「大丈夫だから、英」

(来たくなかったと言った気がするが) 初めて店に来てくれたのだし、今日の仕入れはアタリだ。肉も魚も旨いものが出せる。うちの店を英に見てほしかった。自慢の職場だ。

「送ってく」

「いらないよ。女の子じゃない」

「俺も帰るから。本当に来たくなかったし」

そこまで拒否されると、ぜったいに寄っていってくれと店に押し込みたくなるが、今日はそんな力が身体の中に見あたらない。

「わかった。じゃあさ」

と、環は笑顔で英を見上げた。

「今度、俺がいるとき、また店に来てくれる？　今日の御礼に一品サービスするよ」

我ながらいい提案だと環が笑うと、英は「考えとく」と、やはり乗り気ではない声を出した。そして。

「洗う前に取ったほうがいい」

と、髪に手を伸ばし、指先で髪にこびりついた水色の蠟を揉み潰してくれた。美容師らしい、丁寧で慎重な手つきだ。手慣れたそれに任せながら。

「すごい焦げてる？」

「結構」

一瞬、炎が上がったのが見えた気がするし、じりじりっと、燃える音も結構長く鳴った気がする。

「火傷は？　環さん」

「ないと思う。どこも痛くない」

記憶に焼かれた肩裏の傷のほうが痛むくらいだと思うと笑顔が苦くなった。

英は髪に飛び散った蠟をきれいに取り除いてくれ、肩で粉になったそれを軽くはたいてくれた。そして焦げたのだろう耳のうしろあたりにもう一度触れながら、

「とりあえず明日、店に来て。焼けた毛先、切ろう。タダでいいから」

「そんなの悪いよ。でもこのままじゃかっこわるいから店には行く。どうにかなりそう？

ハゲてない？」

少し短くなった気がする襟足を撫でながら冗談を言うと、英は頷いてくれた。英の表情も心なしかホッとしているように見える。

「せっかく来てくれたのに、ごめん。次はほんとに何か奢るから」

店に入る気はまったくないらしい英にもう一度そう言って、行こうか、と自分から促した。

「英も駅でいいの？」

「うん」

店の前の細い車道を渡って通りに出る。砂利の中に雨の音が残っている。

煙った夜だった。

空気が今にも飽和しそうだ。少し振れれば途端に雨粒になって落ちてきそうだった。

アスファルトにもまだあちこち水たまりが残っている。今夜もやはり星は見えない。

大丈夫？　と、尋ねてくれる英はいつもより少し、声が優しい気がした。労《いたわ》るように歩調が遅い。

さっきのキスの理由はもう、蒸し返す勇気がなかった。

何かの混乱や、びっくりしたせいなら、このまま忘れたふりをすれば自分はものすごくラッキーだ。もしも彼とキスしたいと願ったところで、方法など思いつけない。

まだ震えが残る身体をゆるく抱いて、環は割り込むように車道側を選んだ英の隣を歩く。

彼とこんなふうに歩ける夜があるなんて、思わなかった。

ショッピングモールはすでに無人だ。

それを横切り、反対側の道路へ。

車が、アスファルトに敷かれた水たまりを破りながら過ぎてゆく。行き交うライトが、一瞬鋭く反射してまぶしい。

ビーズみたいな雨が空から落ちている。傘を差すほどではなかった。時々睫毛に乗ってすぐに消えてゆく。

いつもより長いような短いような、不思議な感覚の圧縮があるのは、ゆるい歩調のせいだろうか。それとも過去の記憶が入り交じった混乱のせいだろうか。

英の隣が嬉しく、沈黙が優しかった。

傘を差したくない。アスファルトの穴《あな》を避《よ》ける動きに、ふらついたと勘違いする英が手をあげる。苦しいくらいそんな甘みが沁《し》みる。

一足ごとに英へ心が傾いてしまいそうで、環は、脆《もろ》くなる自分を引き止めるための言葉を出した。

「店、帰り道と反対だから来たくなかった？」

英が地下鉄で通勤しているというなら、店とは反対方向だ。面倒くさかったのだろうか。

「それもある」

「他に？　……わかった。眠たかったとか」

「そうでもない」

「英は結構出不精？」

「とても」

「外食、キライ？」

「……そんな感じ」

ぶっきらぼうで、続けて聞くと少し幼く聞こえる短い英の口調に緊張をほどかれて、環は笑った。ゆっくり話してみると、案外かわいい人かもしれない。

「でも、俺が言うのも何だけど、いい店だから一回来てみてよ。俺、本気で板前やってるから」

店のマネジメントは別の人間に任せ、それを信頼して自分たちはひたすら料理と客に向き合っている。修練と研鑽《けんさん》は欠かさないし、温故知新を座右の銘にするマスターは、新しく生まれてくるものの研究も欠かさない。

客が楽しいと思ってくれる店になるよう、心も身体も楽しんでくれる皿が出せるよう、料理人として生きる互いに恥じないよう、心血を注いだ料理を作る。

自分が生きるよすがだ。

何もない自分の人生の中で、それだけが誇りだった。人を愛する手段なんて、自分にはそれしかなかったから。

「……考えとく」

「うん」

今日はそれでよしとすることにした。にべもない拒否の言葉からすれば大きな進歩だ。嬉しくなって、言葉少なな英に嫌われない程度に、控えめに喋りながら歩いた。

今日は少し早めにリンツを閉めたこと。磯月に行こうと店長が言い出して、あの店で唯一行ったことのない自分が断れなかったこと、半ば無理やり連れてゆかれたこと。だから本当に自分は行きたくなかったから気にしなくていいと、複雑な笑いが浮かびそうになることを英はぼそぼそと、切れ切れに話してくれた。

リンツの前を通りすぎる頃、肺の裏に残っていた震えが消えていることに気がついた。ぽつぽつと雨だれのように喋る英がかわいいせいだ。現金だと自分で笑った。

リンツから駅へ向かう途中に区の駐輪場があって、そこを通れば近道だった。普段は、街灯があるいちばん外周を通るのだが、英は暗い駐輪場のど真ん中の通路を突っ切るらしい。

フェンス囲いの空き地に、唐突に建つ古い駐輪場は、鉄骨と穴だらけのスレート屋根の、学校の自転車置き場のほうがはるかに立派なものだった。向かい合って四列。長さは二十メートルくらいしかない。駅の利用客にもモールに行く人にもどっちつかずの妙な距離だ。

最近、ひったくりや置き引き、悪戯《いたずら》が相次いでいて店にも警官が注意に来たことがある。

柱のあちこちに盗難注意のポスターがある。『二重ロックとチェーンを確実に』『荷物は置きっぱなしにするな』と書いてあるが、サドルやハンドル、タイヤまでが盗まれるのだからどうにもならないと笑いながらそこを抜けて、小さな土の空き地を通って駅へ。

パチパチと音を立てて瞬きをする街灯の下をくぐり、通路にまで水が黒く染《し》みた地下鉄の階段に足あとを残しながら下までおりて、改札を通る。電車は二分後。「ちょうどいいね」と言われて少し残念な気分になる。その次の電車は二十分後だ。

「俺は駅三つ向こう。英は？」

一段先に降りる階段から英を振り仰ぐと、ちょうど英が自分の髪に手を伸ばすところだった。

「そんなに焦げてる？」

機嫌のわからない顔で、英は軽く掬った毛先を見ている。

優しさを差し伸べられれば嬉しく、かわいいところを見つけるたび、胸に蛍を呑んだような心地がする。

夢以上に幸せな時間だ。好みの男に触れられて嬉しいはずなのに、さっきから困りはじめ——今はもう辛くなりはじめていた。

英は美容師だから、自分が切った髪がこんなにみっともなく焦げてしまったのが気になるからそうするだけだし、客の髪に触れることなど意識すらしない日常であることくらいわかっている。

そんな無意識が苦しい。芽吹きそうになる恋心を片っ端から踏みにじって殺してゆかなければならないのは、慣れたことだが辛くないわけではないのだ。

これ以上は駄目だと思う。お気に入りの男が、惚れた男になるのはここがラインだと思う。ほのかに自分をあたためていた幸せを失いたくない。英を好きでいたい。

惚れたら終わりが始まってしまう。

恋をしたらその瞬間から苦痛が、悲しみとか無力感だとか、たまらない自己嫌悪だとか、真っ黒に渦巻くそれを閉じ込めていた水槽が破裂したように自分の中に噴き出すことを知っている。

階段の終わりが見えたとき。

「……」

何も言わない英に、問いたい心が急に溢《あふ》れた。

どうして俺にキスしたの。

英が生んだ無責任な期待なのだから、英の手でひと思いに殺してほしい。

弾み、気の迷い、いっそ覚えてないとか？

訊いたらおかしなことになる。キスの理由を問うなんて、まるで恋を期待している人のようだ。でもだったらどうして。

「どうして、さっき……」

「来たみたい」

声を絞り出した途端、英の冷たい声に電車の音が重なって唇が動きを忘れる。

滑り込む轟音《ごうおん》。くぐもったアナウンスに促されて開くドアから光が零れる。

この時間、塾帰りの学生と、残業の会社員が俯《うつむ》いて乗っているのが目立つ。街とは逆の、夜の生活区だから買い物帰りの乗客はあまり多くない。

――自分は何を訊こうとしたのだろう。

電車の入り口が放つ殺伐《さつばつ》とした蛍光灯の光に、急に夢から覚めたような気がして、自分を襲った目眩のような衝動に、環はぞっと胃の奥を硬くした。

心の端が欠け零れるかのような、ほとんど無意識の瞬間だった。

――あり得ない。

混乱が、そして、英と二人きりで夜を歩く非日常的なできごとが自分の平衡感覚を奪っていたに違いない。そうでもなければ、あんなこと。

望み通りの答えが返ってこないくらいならいい。でも、高い確率で、失敗したときは。

地下鉄に乗客は少なかった。向こうの車両で二人降りただけだ。

扉のすぐ側に環は入った。

クーラーに冷やされた車両のにおいがする。

学生服と会社帰りの人間が、間を開けてぱらぱらと座っている。サンダルの女の子が二人肩を寄せ合って、携帯ゲーム機で遊んでいる。

しっかりしろ、と、胸の底にたまった苦しい息を吐いて自分に言い聞かせる。混乱で見失っただけだ。心細さで打った鼓動にテンションがおかしくなってしまっただけだ。

自覚をすれば大丈夫だ。鏡のこっちが見えるはずはない。

危なかった、と、胸の内で息を漏らした。

そんなことを考えられる自分に安堵し、こんなことは二度とないのだろうから、このさい英のことを色々訊いてみようかと気分を切り替える。

座る？　と英を探して振り返るが。

「……」

英はホームに立ったままだ。

どうして、と、口を開きかけるときにはすでにドアは半分閉まりかけている。

それが閉じる瞬間。

「——今度はちゃんと泣いて」

そんな言葉が隙間から投げ込まれて、ドアは閉まってしまった。

「！」

意味がわからず、どうしてそんなことをするのかもわからない自分に、扉の向うで英は、立てた親指で、あっち、と、反対ホームを指さして、背中を向けた。

「！」

思わず窓ガラスに手を伸ばした。軽く振り返った英が唇を動かしたが声は聞こえない。

がたん、と、電車ごと身体が揺れた。

窓の向こうの景色が動きはじめる。

視線で追う、駅の灯りの中の英が、後ろに遠のいてしまう。

白く浮かんだように光るホームも、あっという間に流れてしまった。


二つ目の駅を離れても、車内の景色は変わらなかった。

白い蛍光灯の下に転々と座る人。鈍い電車の加速。

黒い鏡のようなドアガラスに、染めなくても少し明るい色をした髪と、妙に疲れた自分の顔が映っている。

耳を覆う電車の音に、考えごとをしろと言われているようだった。自分の立場を思い出せと、窓に映る姿にたしなめられる気分になった。

ドアのガラスに触れた。ひやりと冷たい。

自分の手。ガラスの向こうに闇に映った、自分が触れることができない自分の手がある。

……まだ戻れるかな。

疲れきった心臓にため息をついて、弱々しく環は思う。

まだ恋じゃないって、思っていいかな。

これが恋でもそうでなくとも表面上、何も変わらないと思う。

リンツにはこれからも通うだろうし、担当を変えてほしいという気もない。英とはこれからも普通に喋るだろうし、特別なことは何もしない。

変わるのは自分の心の中だけだ。

もしも恋でも、どうせ言ったりしないけど、人間だから苦しいのは嫌だ。

「器用なはずじゃん、俺」

電車の雑音紛れに、言い聞かせる呟きは苦笑いになった。

ずっと上手く渡ってきたはずだ。自分がどんなものかを知っているつもりだった。

英を好きになっても苦しくなるだけだ。

麗しい眺めの、このふわふわと甘い空の、一歩先は崖なのだと、わかっていて踏み出すのはただの馬鹿だ。それに。

英のことを何も知らない自分に今さら呆れてしまった。

どんな人と住んでいるとか、もしかしたら彼女がいるのかもとか、好きな食べものさえ、まったく何も自分は知らない。

「ふ」

そんな他人同然の英を想って胸を痛めている自分が急に滑稽に思えた。

恋は叶わないし、もしもこのあと英と友人になったとしても本当の距離は何も変わらない。

嘘を吐《つ》かなければならない分、きっと遠ざかってしまうのだろう。

どうせ触れない。

今までさんざん学習してきたことだ。

自分が覗く鏡の中の世界。そこに存在する鏡の中の自分。鏡の中が本体であるかのように実像がわからない英。

「……」

ガラスに映る自分の顔が疲れているのに、環は目を伏せた。

人畜無害が身上だ。

こっちはどうあれ、鏡の中の自分は、こんな『どうしたの?』と、声をかけられたがるような情けない顔じゃ駄目だ。

鏡の中の英の側にいてもいいくらい、軽く笑える自分になりたい。居場所が欲しい。

――鏡の向こうは性癖も反転してたりしないだろうか。

そんな馬鹿げたことを考えながら、これ以上深いところに塡《はま》りたくないと、環は鏡のように車内を映す窓に笑いなおした。明るくて浅い感じで、少し気安い。誰の負担にもならない笑顔だな、と確認して少し安堵する。

そうしてうまくここまで渡って来たはずだ。

――今夜の賄《まかな》い、スッポン雑炊だったのにな。

試食にもらったスッポンを、唐揚げと雑炊にするはずだった。

コラーゲンが多いから髪が早く伸びるのだと、楠とはしゃいでいた昼間の自分が、びっくりするほど能天気なのに、我ながら本当に驚くしかない。

昨夜、帰宅報告を兼ねて一旦マスターにメールを打ち、閉店時間を見計らって詫《わ》びの電話を入れた。

大事をとって今日は休めと言われたけれど身体は何ともない。間近で見た炎と、髪が焦げるにおいが不意打ちだっただけだ。

事情を知っているマスターには、一人の部屋で余計なことを思い出すより、店で一生懸命に働いていたいと告白した。克服したつもりでいたことだ。こんな躓《つまず》きで膝をつきたくない。倒れたくもない。

そう言うとマスターは《鍛えてやる》と言った。甘やかさないが優しい人だ。嬉しくて、はい、と答えた。

新倉が自分のことを心配してくれていたと言ったから、今度店に来てくれたときに、お詫びと御礼を言わなければならない。

ざっくりした麻のブルーのニットキャップを被った。

駅前のケーキ屋でショートケーキを箱にいっぱいに詰めてもらって、一時間半の余裕を見て家を出る。

昨夜、英と訪れた愛想なく自販機が一つ立つ駅のホームも、中途半端な薄闇が充満した階段も、段差の数がやたらにひどいアスファルトの歩道も、見慣れたいつものものになっていた。

のどかな交通量。時折自転車の主婦や学生が通る。

曇り空。銀色の昼下がり。いつもの通い道だ。

昨日覚えた動揺も、朝になれば口から砂粒を吐き出すように簡単に吐きだせた。どうしてこんなものを口から出せずに苦しんでいたのかわからない。

やはり昨夜はどうにかしていたと思いながら、裏通りに面した《リンツ》のガラスドアを押し開ける。朝、予約の電話を入れたらもう入っていると言われた。英が取ってくれたのだろう。

「あっ！　環くん、大丈夫だった⁉」

自分の姿を見て、いちばんはじめに声を上げたのはカウンターにいたエリちゃんだ。

「昨日はすみません。ほんとにお世話になりました」

これよかったら皆さんで、と、ケーキの箱を差し出すと、「いいのにそんなのー！」と、色白の肌にきれいに整えた眉を寄せ、嬉しそうにエリちゃんははしゃいだ。

「大丈夫かい？　環くん」

声を聞きつけて寄ってきたのは店長だ。

「はい。ご迷惑とご心配をおかけしました。この通り」

「そう。よかった。昨日あれから、マスターにすごいおまけしてもらっちゃってさー」

えびの唐揚げと、海鮮カルパッチョと、スッポンの雑炊も。と、申し訳なさそうに店長が言う。村上が話してくれたにしても随分篤《あつ》くしてくれたらしい。

「マスターによろしく言ってね」

「はい」

「お肌ぷるぷるですよー」

と、エリちゃんが喜んでくれたから、よかった、と思った。

「本当にご迷惑をおかけしました」

と、頭を下げたとき。

「？」

奥のほうから女性のはしゃぎ声が上がって、環はそっちを見た。

二人組の女の子だ。高めのヒールにワンピース。大学生くらいだろうか。

カットのお客さんではなく、奥の細い椅子に腰かけ休憩していたらしい英の前で話し込んでいる。

「……なんか告《コク》りに来たみたい」

店長は悪戯っぽく歯を見せて環に囁き、カウンターを離れて自分が担当する客のブリーチの様子を見にいった。

片方の女の子が、巻き毛の子の背中を嬉しそうに撫でている。両手で口元を多う彼女は頬を染めてとても嬉しそうだ。

「木ノ下くんモテるからなあ」

少し邪魔なのだと言いたそうに、エリちゃんがボヤく。しょっちゅうらしく、珍しい様子でもない。

そうだよな。と、環は思った。

男の自分がカッコイイと思うくらいなのだから、女の子にモテても当然だ。彼女がいても不思議ではないし、結婚していると言われたっておかしい年齢ではない。

「……」

自分に気づいたらしい英が立ち上がる。

「ごめん、お客さん」と、柔らかく押しのけられた彼女たちが、ぼうっと英の背中を見ている。

やはり背が高い。上背よりも頭の小ささとか肩幅の広いプロポーションが余計そんなふうに見せるのだろう。浅いジーンズにシザーケースを巻いた細めの腰がどうしようもなく目を引いた。

こちらに歩いてきた英は、少し離れた場所から、「どうぞ」と言った。

英と話していた彼女たちは、英のあとをついてきて、カウンターの前で、「また来ます」と、英とエリちゃんに挨拶《あいさつ》をして楽しそうに出ていった。ドアを出るなりはしゃぐ。告白は好感触だったのだろう。

それを軽く振り返る自分を、英は気にもしない。

椅子を回され、向けられる。それに座る前に。

「昨日はありがとう。迷惑をかけました」

環は悪目立ちをしないようそっと頭を下げながら、言わなくてよかったと、つくづく思った。

英がいい男なのは変わらないし、もう憧れと言うより恋愛寄りなのだろうと自覚はある。

でも言ってしまえばぜったいに言葉は取り返せないし、そっと覗いている鏡までこなごなに叩き割られてしまうかもしれない。

うかつすぎると、昨夜の気の迷いを自分で戒めながら、肩にかけられるタオルに軽く俯く。その隣で、

「木ノ下くん、彼女とっかえひっかえだもんね」

若い人は羨ましいねえ、と、店長が笑うと、英が無言で、背後のワゴンに引っかけてあったドライヤーを拳銃のように向ける。

「ホメてるんだって！」

と店長が笑う。英のくせにこんなこともするのか、と、おかしくなって、笑って——自分でその恋をそっと踏みつぶした。

月に一度会う美容室のいい男。

今まで通り、それがいい。

妙に吹っ切れた気がして、「俺だって若い頃はね！」と嘯《うそぶ》く店長に笑う。

「シャンプーどうぞ」

肩に短いシャンプークロスを巻いて、シャンプー台にゆく。

楽しい時間だ。憩いの場所だ。目の保養で、月一の楽しみだ。失ったら寂しい、楽しみが減る。

犯さずにすんだ間違いに安堵する。そのとき。

膝掛けをかけられて、うしろ頭を支えられながら。

「――倒すから」

と、耳元で囁かれて息が止まった。

心臓に声を直接押し込まれたようだった。

顔に布がかけられる。あと一瞬遅かったら、赤くなる頬が見られてしまうところだった。

「昨日の、もういいの？　病気、あるの？　環さん」

お湯かかります。仕事の言葉の間に切れ切れの英の言葉が投げられる。手のひらで頭を抱えられて、彼の胸の振動が伝わるくらい声が近い。

「昔、火傷したこと、思い出しただけ」

――馬鹿だ。

自分の言葉を環は罵《ののし》る。

何でもないと言えばいいのに、少しでも彼の関心が欲しかったなんて、浅ましすぎる。

どうしよう。

このシャンプー台で溺《おぼ》れ死んでしまいたくなるくらい絶望的だ。

英の愛情を欲しがっていたかわいらしい彼女たちに妬《や》きもちを焼いたのではない。ただ羨ましいと思った。

女に生まれて済むものならばそうなりたいと願ってしまった。こんな自分がかわいそうだと思ってしまった。

気づいてしまった。

英のことが好きだ。

英にだけは、恋など絶対したくはなかったのに。

「かゆいとこ、ないですか」

英自身けっして答えないだろう問いかけに、ないです、と、答える声が震えそうになる。

逃げ場がない。

英の指は、焦げた毛先を念入りに指先で扱《しご》くように洗った。カットのためのシャンプーだから手早く終わってしまう。

今、布を取られたらまずい。思い切り動揺した顔しかできない。めちゃくちゃに赤いはずだ。だが、英は無情に。

「起こします」

囁かれて、眉間《みけん》のあたりが音にならない悲鳴を上げる。

「……っ」

頭をタオルで巻かれて、俯いたままではよかったがこの後どうしていいかもわからない。

こめかみが痛い。鏡の前なんかに座れない。なんとかして逃れたいと思うが、ここで気分が悪いとでも言えば、甘えたがりのように最悪に女々しくてダメだ。だが。

「……。ここで髪、拭いていい？」

訊かれて、じわじわと視線の端で窺ってみると、撫でるような手つきで自分の髪を拭く英は、鏡のほうを見ている。

一時的に満席で、すぐに空く様子のカットの客の席を見ているようだ。

「あ……、うん」

とりあえず命拾いだと、さりげなく漏らしたつもりの息は、思い切りのため息になった。

「……」

髪を拭く頭上で少し、笑った気がした。

まさか、と思ったが英しかいない。

タオルの隙間から見上げると目が合った。慌てて視線を下げた。動物をいじるときのような少し優しい目をしていた。笑うとかわいい顔かもしれない。

「椅子にどうぞ」

座れと椅子を回されて、それに座る頃には、諦めじみた妙な落ち着きが胃のあたりまで下がっていた。

どうしよう、好きだ。

そんな結論が何も生み出さないことを知っている。

この先きっと、辛くなるんだろうな、と思うことが辛いことがすでに終わりの始まりだ。

この店にもう来ないことも考えた。苦しいし、諦めが悪いし、この調子じゃ、いつ取り返しのつかない失敗をしてしまうかもしれない。わかっているのに英を恋しがる心は、愚かにも英を眺めるわずかな時間を諦めることができない。

「スタイル、変える？　少し短めに切れば、このままでも行けないことはないけど」

「……どうしようかな」

髪に指を通され撫でられれば単純に嬉しいから救いがない。

「とりあえず、ここと」

耳のうしろから、

「襟足だけ切っといて、少し伸びるの待ってもいい」

ラインを指で辿られて、背中がぞくっと粟立《あわ》つのを息を止めてこらえた。

当然、髪型のことなんて考えられずに、曖昧な返事を返す鏡の中の自分の隣で、英は真剣な顔で自分を見ている。

「トップは、カラー入れるにしてもパーマにしても、もうちょっと長さが欲しい感じ。次回まで我慢できる？」

「うん」

もう何を言われているかもわからないし、なんでいつの間にかカラーを入れられることになっているかもわからないが、頷く以外に何もできない。

「じゃ、焦げたとこ、目立たないよう、短いとこに合わせて整えるから」

そう言って英が軽やかにシザーを動かしはじめる。りんりんと響く音が、恋心に振りかけられる銀の粉のようだった。

あいかわらずクールで無愛想で、でも優しいことを知ってしまった。実は照れ屋で、もしかしたら、少し人見知りかもしれない。

真剣に仕事に向かう姿を、鏡越し、こんな近くで見せつけられてとどめを刺される気持ちがする。

誰を恨めばいいのか見当がつかない。

どうして、と環は鏡から目を伏せた。

人は恋心で死ねないのだろう。


とはいえ。

案の定、というか寂しいくらい、英に恋をしたって何が変わるわけでもなく、自分は毎日仕事に行って、それなりに毎日充実していて、コラーゲンがいっぱい入った賄いのアンコウ鍋を、気を取り直してくれたほのちゃんと喜んで食べて、自分の乙女っぷりに少し落ち込んだり、英のことを考えて幸せになったり、慣れた諦めが胸に広がって少し寂しくなったり――胃の奥が痛くなったり。

「……♪」

これが愛だ、と英語で歌う流行の歌を鼻歌しながら、環は雨の夜道を歩いていた。雨の日は歌っていい気がするから不思議だ。

なし崩しに自分のものになったらしい、頼りない骨組みをした百均の傘は、大降りでもないのに重たい音で弱音を吐いている。

ぼとぼとと、ヘタクソに歌う透明のビニール越しに見るリンツは、当然とっくに電気が消えていた。

最近、これが環の密《ひそ》やかな楽しみだ。

終電前、営業が終わったリンツの前を通って帰る。

英と帰った夜、英が通った靴あとのラインを自分は不思議なくらい覚えていて、切ない気持ちを撫でるようにその上を歩いた。駐輪場も、迂回せずに英が通った暗く狭い通路を抜けて。

英が好きになったんだなあ、と、嬉しさと寂しさが混じり合って沁みる気持ちを撫でながら、蟻《あり》のように、見えない恋の香りを辿って歩く。

ストーカーじみている気がするが、この道は通り道だし、通ったからと言って何をするわけでもない。

これが自分の幸せの限界だった。自分が、自分自身の性癖に許してやれる精一杯の譲歩だった。

この恋は、あとは死んでゆくばかりだ。

期待に潤され柔らかく芽吹くそれが、何も与えられず萎《しな》びて枯れてゆくのを、笑顔で見殺しにするのが精一杯。

悲鳴も上げずに死んでゆくのだろう短い命がこときれるのを待ってやることくらい、神様だってきっと見逃してくれる。

「短い恋でした」

途中で歌を忘れてしまって、傘の先から流れ落ちる雨を見ながら、力ない笑顔で環は呟いた。

始まりが終わりなのだ。あっという間すぎる。

始まらなければよかったのに、と思っても、戻ることはできない。どこが始まりだったのかも覚えていない。

もっと幸せな時間が続けばよかったのになあ、と、自分の恋心を責めたところで、終わりは終わりだ。諦めるしかない。

街灯でまだらに夜が白んでいた。

永遠に降り続きそうな単調な雨が、車のライトに糸を引く。

水はけの悪い道路は河のようになっていた。乱反射が目に痛い。

水たまりを避けて歩いても靴の中に沁みてくる雨が、カーゴパンツの裾《すそ》にまで重くしがみついてくる。古い歩道も穴だらけだし、もう何日降り続いているか思い出せない。

長梅雨だと天気予報は言っていた。各地で被害が出ているらしい。

――ばあちゃんちはどうだろう。

ここから二時間。自分を育ててくれた祖母の家の近くには大きな川がある。祖母は一人暮しで高齢だ。

雨は大丈夫かと訊く口実で、電話を掛けてみようか。

不安にしているかもしれない。――それとも、口実でもなければ電話を掛けづらい祖母の声が聞きたくなるくらい、寂しいのは自分のほうだろうか。

「……」

冷蔵庫に転がっていたプルはビールだったか酎《ちゅう》ハイだったか。

報われない恋愛に転落した上に、晴れる見込みのない長雨じゃ陰鬱《いんうつ》にもなる。電話を掛けて無事を確かめたら、缶を一つスッキリ空けて、さっさと眠ってしまおう。

自販機の立つ駐輪場の入口を曲がる。

ガタガタにつぎはぎされたスレートのせいで、唐突な位置で纏《まと》められた雨が、滝のようにだばだばと音を立てて落ちている。盛大にしぶきを上げるそれを避け、イタズラ頻発の自転車置き場にさしかかったときだ。

「？」

屋根の切れた向こうの暗がりで揉めている人影に気がついた。

片方は大声で喚《わめ》いている。男の声だ。

「うわ……」

がしゃーん！　と、自転車が将棋倒しになるのが見えた。起こすのが大変そうだ。最後の方はゆっくりと縺れながら崩れている。最悪だ。

普段は放置自転車が多いが、この雨のせいで、自転車を諦めた人のも巻き添えを食ったのだろうと思うと気の毒になるが。

「ウルセエッ！　離せ！」

駐輪場の向こう、雨に降られながら、ぐしゃぐしゃの泥を練るように人影がもみ合っているのが見えて環は眼を細めた。二つに分かれた影は、またつかみ合ってよろよろと広い方へ向かってゆく。

地面に転がる黒い半円は開きっぱなしの傘だ。引っ張り出されて投げ出された自転車の後輪が回り続けている。

喧嘩らしい、と途方に暮れた気分になった。しかも怒鳴っている片方は、声の調子からして酔っぱらいだ。

「酒を粗末にした覚えはないんだけど……」

最近酔っぱらいに呪《のろ》われている気がする、と思いながら、とりあえず止めてみることにした。

声をかけてみて、聞いてくれそうだったら説得するし、無理そうで止《や》みそうになかったら、飲食店勤務のたしなみ、交番直通の電話番号に発信する。追いかけられたら全力で逃げる。

放映終了後のテレビのような音で、暗闇を埋めつくす大雨は降り続けている。

交番のナンバーを呼び出した携帯電話を握って、屋根の下を抜け、ぬかるんだ土の上を真っ直ぐ近づく。

雨の中、人影は二つ。背の低いスーツのほうは政治家の名前を出しながら、意味のわからないことを大声で喚いていて、「だから自転車にエサをやって何が悪い」とまったくわからない主張をしている。頭を摘んで振る人形のような動きだ。手足がやたらとぶらぶらしている。

相手の男は背が高く、かわしているようでもあり、酔っぱらいとはリーチが違う長い手で突き放しているようにも見える。経験上、政治と野球の話で意見が割れるとやっかいだ。

環は息を吸い込んだ。走って逃げる準備は万端だ。

「あの！」

声をかけ、こっちを向かれるまで。

「――――……英」

雨にずぶ濡れで、髪がバラバラに落ちていて、それが英だと気づかなかった。

「環さんはどっか行ってろ！」

と、凶暴な眼差《まなざ》しで英は怒鳴った。ふらふらの酔っぱらいが、英に殴りかかっている。

英って怒鳴るんだ、と、感心している場合ではなく。

「な、何それ、知り合い⁉」

「知らない！」

「泥棒⁉」

「知らないって！」

酔っぱらいはアマゾン系の奇声を発し、両手を自分と英に伸ばした。

「うわ！」

胸元を加減のない力で摑まれる。踏ん張る足は、水で練られた粘土質の地面で滑ってバランスが取れない。靴裏で、ずるっと嫌な音がする。そのまま滑った。

「環さん！」

酔っぱらいにのしかかられるようにして泥飛沫《しぶき》を上げ、地面に転がる。すぐ立ち上がろうとするが、酔っぱらいにのしかかられたままだし、ずるずるでうまく起き上がれない。

「っ！」

握っていた携帯は投げ出されてしまった。傘の行方を気にすることもできない。

「携帯拾って、英！　交番のナンバー出てるから掛けて！」

酔っぱらいもこのまま放置できない、彼が窃盗犯ならなおさらだ。

英が、水たまりに投げ出された携帯電話に手を伸ばす。

「警察なんか呼ぶんじゃねえッ！　国技は相撲《すもう》！　ス・モ・ウ、だ、馬鹿《ばか》野郎ッ！」

地面を這《は》いずる酔っぱらいは、転がっていたしっかりしたほうの傘を拾い、畳んで英に殴りかかろうとしたが、酔っぱらっていて上手くそれを畳めない。

——傘骨が広がったままで殴りつけられたら。

「英ッ！」

酔っぱらいの、飛び出たワイシャツの裾にしがみついて手を伸ばす。

ざく、と、音がした気がした。右手を叩いたのは、殴られた痛さではなくて紙を裂くような毛羽だった痛みだ。

酔っぱらい共々派手に転がる。泥飛沫が上がる。

「ッ！」

「環さんッ！」

英の怒鳴り声が聞こえる。肘まで駆け上がる痺れに顔をしかめる。ぱたぱたっと水たまりをよぎる異質な色を見た。

黒――――赤。

それを落とすのは、自分の手の甲だ。

「大丈夫、逃げて、英！」

傘を握ったまま派手に転がった酔っぱらいを、足で牽制しながら逃げろと怒鳴る。彼より早く立ち上がる。

手のひらを軽く握って感触を確かめる。折れてはいない。大怪我《けが》じゃない。炎さえなければ喧嘩は慣れっこだ。

「環さん」

「いいから退《ど》いてろ、英ッ！」

ただでさえ足場が悪いのに、邪魔が入れば加減ができずに相手に怪我をさせる。

集中させてくれと怒鳴る自分の肩を、急に何かが押しのけた。

突風が通り抜けたような速さで。

「英ッ！」

傘を支えに起き上がろうとしている酔っぱらいの襟首を、英が激しく摑み上げた。そのときだ。

「――――何やってんの!?　アンタたち！」

自転車の辺りから声がした。息を上げながらそれを見る。細いライトが当てられて、今さら自分たちの泥まみれ具合にびっくりした。

「こんな時間に何やってんの？　喧嘩？」

蛍光テープがぐるりと貼《は》られた傘。光るたすき。二人組の人影は警官だ。

「この人酔っぱらってる！」

と、顔に飛んだ泥を手首で拭いながら環は大声で言った。

険しい顔で近づいてきた警官は、《アンタ磯月の》としかめっ面をほどいた。顔を見れば、時々私服でカウンターに留まっているうちの馴染み客だ。

「すみません、酔っぱらいです」

肩で息をしながら告げる向こうで、もう片方の警官が早速男に近寄り質問している。男は抵抗するわけではないが、やはり意味のわからないことをベラベラと喋っていて、まったく状況がわからない。泥酔しても倒れないいちばん面倒なタイプの酔っぱらいだ。

警官は、環が仕事帰りであることとアルコールの有無、あの酔っぱらいと顔見知りではないことを確かめてから。

「最近この辺、窃盗とかひったくりが多くてね。巡回してるところです」

持ちもの調べて。と、酔っぱらいの手を摑んだ警官に、常連客の警官は命じた。そして。

「その手は？」

「あ……その傘で、引っかけて」

言われて見下ろすと意外なくらいに血まみれだった。滴り落ちるくらいだ。

「病院行く？」

と、無線を取り出そうとするから、「いえいいです」と断った。

「引っかけただけですから」

「そう？　一応板前さんの身元もわかるし、あの調子じゃ……」

と、今度は警官に向かって税金がどうのこうのと言いはじめた酔っぱらいに軽く肩をすくめ、

「あの人にはどっちにしろ署まで来てもらうから、何かあったら連絡ください」

「はい。よろしくお願いします」

「帰れる？　そのかたはお連れさん？」

「はい」

最近こんなことばかりだと思いながら、ポケットからハンカチを取り出して、手に巻き付けた。

警察に携帯の電話番号を知らせ、その場を離れる。駐輪場を抜けてしまってから。

「どうする？　英」

泥跳ねがある英の横顔を眺めた。Tシャツもあちこち泥の水玉だらけだ。

英は転がっていないから泥の被害は大したことはないが、現在進行形の全身ずぶ濡れには違いない。自分は物心ついてから初めてだと思うくらいどろんこの、ずぶ濡れで、おまけにシャツやズボンのあちこちに血がついている。雨で滲んでさらにスプラッタだ。電車に乗れる気がしない。とはいえ歩くには少し距離が遠すぎる。

「……ちょっと待って。タクシー止める」

そう言って一つ向こうの通りに出ようとする英を慌てて追いかけた。

河のような暗い道路に流れてくる光がある。

乗せてくれるはずがない、と引き止めようとしたが、タクシーは停まってくれた。

迷惑そうな顔をされながらビニールシートを借りる。交換のようにして、英は折った千円札を運転手に渡した。

「迷惑だよ、英！」

後部座席に青いビニールシートを広げて乗り込む。

「もっとこっち来て、環さん」

一枚のシートに二人で包まるしかないが、男二人だ。ぎゅっとくっついてシートの端をかき寄せていないとシートを汚してしまう。

英は、バックミラーごしに視線を寄越す運転手と共に、環を見た。

「……？」

奇妙な沈黙。そして。

「どこ？　家」

「うち来るの!?」

「怪我」

「大丈夫って、こんなの」

指は動くし、骨も折っていない。睨むように見つめる英に首を振ったが。

「────……。……すみません、あの大きい信号、左に行ってください」

バックミラーごしの運転手の視線が怖くて負けてしまった。

タクシーは、するりとライトの列に割り込んだ。

水の膜を掻きわけるワイパーの音。控えめの空調に、雨のにおいが流れてくる。ハンカチで巻いているのに鉄っぽい血のにおいがした。

先ほどまでの混乱と雑音が嘘のように、タクシーの中は穏やかだった。

ホッとしたいところだったが、急に家に来ると言われても。

「あの、そこのバス停で避けて、もう一台呼んでください。こんなで申しわけないけど」

無理すぎる、と、環は運転席の背後から頼んだ。

英の家は反対方向だ。しかも、こんな時間だ。

この程度の怪我で家まで付きそってもらうなんて申しわけなさすぎるし、突然すぎる。

散らかしてはいないが――という問題ではなく、いきなり来られても困る。

「いりません」

と、英が言った。

「呼んでください」

「……どっち？」

「呼《よ》」

「いりません」

ときっぱり言った英のほうが声が強くて、運転手は取りかけた無線を元に戻した。

気まずい間が溜まる。

「……ごめん、あとでお金返す」

家に来られるのは諦めることにした。

自分のことばかり考えていたが、びしょ濡れの英に何か服を貸してやりたいし、英は傘も持っていない。怪我の介抱をと言ってくれるなら、シャワーを貸すのもマナーだろう。

さりげなく英から離れたい。

必死でいちばん良い方法を選ぼうとしたが、考える努力ができなくなって、雨に力を流されるまま目を閉じ、ため息をついた。

雨に滲んだ香水と、英の髪のにおい。理性に目を閉じさせて、浅ましく自分の恋心がそれを欲しがろうとする。それをたしなめようとするとき。

「目眩するなら、こうしてて」

「……っ……」

英の肩に軽く頭を抱き寄せられて、本当に目眩がする。

怪我人を労る気持ちだけだ。特別なことじゃない。

そんな事実に強がりを砕かれ、もうどこにも力が入らない。髪を撫でられると下腹に、灯油を落とされるような痛みが沁みて恋心を焼いた。

自然な成り行きが残酷すぎる。振り払えないこの一瞬一瞬に追い詰められるような気がする。

英の胸から薫る、オリーブウッド。雨と土のにおい。

「酔ったの？　環さん」

――切なすぎて、何も考えられない。


メーターは四千円を少し切るくらい。

おつりはいりません、と、英は重ねた千円札を出した。

アパートの玄関前で降りた。

背中でタクシーのドアが閉まる。重い雨粒が肩を叩くのに、ゆっくりと現実を突きつけられる。本当に来るつもりなのだろうか。

三階建てのアパートは、ぜんぶで十二部屋。建物に二カ所、コンクリート造りの小さな入り口エントランスがある。その下に入っても、まだためらっていたが。

「一人暮らしだし、狭いよ？」

そう断って、環はぐじゅぐじゅと靴の中を雨で鳴らしながらコンクリートの階段を上り始めた。

雨と血をいっぱい含んだハンカチが重い。歩いた後を、いつまでも水たまりの足跡が追ってくる。

ぬるい温度でべったりと身体に貼り付くシャツをつまんで剝がすと、しわしわと変な音がした。前髪の雫も止まらない。英も自分も髪を搔きあげる気力がないほどずぶ濡れだ。

二階のいちばん西にある《２０３》と金の数字が浮き出たドアに鍵《かぎ》をさした。

出るときに点《つ》けていった豆電球のオレンジ色の灯りの中で泥色の靴を脱ぎ、その中に脱いだ靴下を突っ込んで、つま先でバスルームに向かった。バスタオルとタオルを数枚摑んで、玄関で靴下を脱いでいる英に渡し、赤く濡れているハンカチを外して自分の手を巻いた。

「手、洗ってくる。そのあとシャワー使って。Ｔシャツとジャージでよかったら俺の服着ててよ」

丈は短そうだが、こんな時間じゃ人には会わない。

「そのまま帰ってもいいし、手をどうにかしたら、コインランドリー行ってくる」

「そんなのいいから」

勝手に上がる、と、言い置かれて軽く腕を摑まれる。

「手を洗うの、そこ?」

「うん、自分でできる」

と言ったが、英は聞いてくれない。

シンクの前に連れてゆかれる。カランに手を伸ばそうとしたとき。

「!」

隣で急に英がTシャツを脱いで驚く。英は、脇腹にきれいに筋の通った硬そうな身体を見せながら、洗面台のシンクで、じゃっとTシャツを絞って着なおした。乾いたのを出すからと言う暇もない。

目を見張る自分の横から手を出して、英は自宅のような手つきでカランから水を出した。レバーをぬるま湯に合わせる。

「手」

「じ、自分でできるよ」

手首を摑まれ、水の下に持って行かれる。身をすくめて鋭い痛みを覚悟したが、意外なくらいなんともない。体温と同じくらいのぬるま湯だ。

「……」

肘《ひじ》から下を洗ってもらった。

泥が流されると、血が湧《わ》き出る傷口が見えてくる。

手の甲に、真横にひと筋。

注意深くそれを見つめる英に、「結構切れてる？」と訊くと、「割と」と言った。そして「縫いに行く？」と訊かれたから、「血が止まらなかったら考える」と答えた。

打ち切った傷は痺れていて、鈍く疼《うず》く程度でそれほど激しい痛みもない。英は自分の手で泡立てた石けんで傷口を洗い、丁寧に流した。傷の幅は広いが、深いのは一部だけのようだ。

「……」

慎重に洗ってくれる英の指先を見つめながら、すぐ側にある英の呼吸に耳を澄ました。

――神様のプレゼントにしてはひどい。

雨の夜。鋭く光る水たまり。

転げたカーキの重い傘。英と寄り添って乗ったタクシーのにおい、雨の音、怒鳴り声。抱き寄せられた英の肩からこめかみに流れてくるぬくもり。英の肌のにおい。傷の痛みと、英の指の感触、雫を落とす前髪、少し苦しそうにも見える、泥跳ねのある不機嫌な横顔。

忘れなきゃならない恋に、こんなに思い出を作るのはひどい。

きっとこの傷跡は残るのだろうと切なく思いながら、赤いぬるま湯がいつまでも排水溝に渦を巻くのを少しぼんやりしながら眺める。

「ティッシュもらう」

英はタオルの横に立てていたティッシュの箱の中に手を突っ込み、一センチくらいの厚さで中味を取り出す。二つ折りにして傷の上に押し当てられた。本当に手際がいい。

「包帯」

と手を出され、ティッシュを自分で押さえながら、はあい、と笑って、甘えることにした。

部屋のカラーボックスの中に赤いプラスティックの救急箱がある。板前だから結構充実だ。ちょうど洗って畳んであったTシャツがソファーの上に置いているのを摘む。新品ではないが、先週買ったばかりのフリーサイズだ。

押さえた手でそれらを下げてゆくと、英は洗面所の床で自分のもののように救急箱を漁《あさ》っておもむろに、

「うわあああ！　やめやめ！　それ無理ッ！」

瞬間接着剤を摘み出したから悲鳴を上げた。

水仕事の必需品だ。指先の細かい割れ傷は一時的にそれで塞ぐことはあるが、手の甲の傷は四センチはある。塗ったらすぐに血は止まるかもしれないが痛さで死ぬ。

「だよね」

と、一回は本気で考えたらしい様子で言って、今度は傷薬のチューブを取り出した。

綿花にガーゼを巻き付ける。傷薬を厚めに塗って押し当てる。

座って、と言われ、洗面所の床に座った。足ふきマットがあるし、ここなら汚れても拭けばいい。電気を点けようと思ったが、手当てが終わるまでダメそうだ。

ここだけ灯った、洗面所の暖色の灯りが孵化《ふか》器のようだ。

「……」

器用な手つきで包帯が巻かれていくのを環は疲れた心地で見ていた。

この数日のテンションの上がり下がりの激しさに、疲労しきった感情が麻痺《まひ》している気がする。何もかもがぼんやりと遠く、霞《かす》んで鈍い。

寂しさはもう鋭くなくて、痛みもこの傷のように鈍く、こもった熱で疼くだけだ。

すごく近くにある伏せた目元のホクロを眺めた。

「英は、あんなとこで何やってたの?」

するすると巻かれる包帯に奇妙な温かさを感じながら、環は訊いた。

警察に訊かれたとき、「通りかかったら急に殴りかかってきた」と英は答えていた。それだけではなくて、男が自転車を押し倒そうとしたのを止めたのも自分は知っている。いいヤツだ。余計好きにならざるを得ない。

「帰る途中」

「あんな時間に？」

リンツの営業時間は三時間前に終わっている。店の近くに彼女がいたら救われないな、と思って、のろのろ動く頭で答えを待ったが。

「カットの練習」

「？」

「練習、店が終わった後にやるから」

何でもないふうにぼそりと英は言ったが、あの店の中で英がいちばん上手いのは明らかだった。無造作に見えて、鮮やかさが違う。速さやスタイル。際立つくらいだ。誰も英に口を出さないのに、誰もが英のアドバイスを欲しがっている。

「すごいね」

それなのにまだ練習したいことがあるのかと、素直に感心した。職人として見習うべき真《しん》摯《し》さだ。

そうでも、と呟いた英が少し照れたように見えた。かわいらしいと思う気持ちと切なさが同時に込みあげ、喉のあたりで寂しさになった。

少し指先が冷たくなるくらいきつく包帯を巻かれる。手慣れたものだ。

「あとでゆるめて」

「英、けっこう喧嘩慣れしてる？」

手当ての早さと思い切りのよさはかなり慣れた様子だし、酔っぱらいの襟首を摑んだときの勢いは完全に喧嘩っ早い人間のそれだ。

「美容師だから」

「……そうなんだ」

何が、と思ったけれど問いなおすような気力がもう集められない。

英は、床に手をつき、洗面所から這い出すような姿勢で辺りを見回した。

英が来るならグラビアの一冊、床の上に出しておくプライドくらいあったのにと思いながら、よかったら着替えて、とそこだけきれいな包帯の手でTシャツを摘んで引き寄せた。英はそれを一瞥《いちべつ》して、ドアの向こうから、床にあった英の鞄を下に敷いたバスタオルごと引き寄せる。

「アンタが終わったあとで」

「俺は、英が帰ってからでいいよ。こんなドロドロだし」

灯りのあるところで見たら、本当にあのタクシーはよくこんな自分を乗せてくれたと思うくらい泥だらけだ。身体のあちこちに練りつけたような茶色い汚れがある。さっき鏡で見た自分の髪も、ミルクチョコレートのような粘土質の泥でコーティングされていた。自分よりはるかに軽傷の英がこれだけ泥跳ねだらけなのだから、自分は背中のほうまでチョコフォンデュ状態なのだろう。

英は、彼の鞄の中から折りたたんだビニール袋を取り出した。

濡れたTシャツを入れて帰るのにも用意がいいな、と感心して見ていると、英はジーンズのポケットからパーマに使う色輪ゴムを取り出す。

「はい」

と、広げた透明ビニールの口を広げられて、固まった。

「え、と」

「手。入れて」

と被せられるようにその中に包帯の手を入れられ、言葉を失う。その上から、手首まで輪ゴムを通される。そして。

「風呂」

「は？」

「シャワー」

どろんこだよ？ 環さん。

気づいていないのかと問いたげな、思い切りいぶかしい顔が向けられて、余計意味がわからなくなる。

「勝手にしていい？」

「シャ、シャワー、使うならどうぞ」

「OK、環さんが」

「え？」

「はい、服脱いでください」

「⁉」

美容師の口調で言われ、Tシャツの裾を摑まれて息を吞む。濡れた裾をめくられそうになって、何が起こっているかわからないまま慌てて押さえた。

「ま、待って！　待って、自分でできる。何で⁉」

だんだん不機嫌そうになってゆく英がそれを説明してくれた。

「アンタ。泥まみれで、手、それだから。濡れたらダメでしょ。俺、美容師だから。OK？」

何がOKだ、と、思う自分のTシャツを英が更に引っ張る。

「ちょ……！」

「シャンプーどうぞ」

英を美容師と躾《しつ》けた指導員を褒めたい――一瞬で意志は通じた。

「自分でできるって！」

「すごい泥だらけだから無理。洗ってやるよ」

「いいってマジで！」

「遠慮しないで」

「遠慮じゃない！」

本気で逃げたい。

「また濡れるの困る」

自分を洗うつもりだから濡れた服を着替えないのだと悟って、余計慌てた。

「《大丈夫ですから》」

と美容師っぽく言うが、全然大丈夫でもない。手は泥と血で染まったTシャツを力ずくで引っぺがそうとしている。逃がすつもりはないらしい。

「ちょ、と！　待って！　待って、英。わかったから！　頼むから！」

簡単に壁に追い詰められそうになって縋《すが》るように英を見た。

抵抗したら、本気で丸裸に剥かれかねない。寡黙な彼の表情には、静かなやる気が漲《みなぎ》っている。

「か、髪……洗ってください。頼んでいい？」

そう言うと、英はやれやれ、と、言いたげな息をついて、頷いた。

英の前で服を脱ぐのはひどく辛い気分だったが。

「下は脱がない。自分でやるから」

さすがに真っ裸は嫌だ。上だって本当は。

「失礼するね?」

と、茶化すように笑って、英の前でのろのろとTシャツを脱いだ。

「……」

高校を出たあと、誰にも身体を見せたことはなかった。それまでも隠れるように最小限。プールの授業は色々口実をつけて休んできた。

哀れみと興味。親から聞く噂《うわさ》。小さな群れで優劣をつけたがる、子どもの言動はときにひどく残酷だ。

「助かる」

軽く決心をしたあと、環は笑ってみせた。

恥ずかしいのか、いたたまれないのか、そのどちらとも違う、自分でも正解がわからない痛みを、肩裏の火傷の痕《あと》は発しつづける。

こんなもの、見ても誰も何とも思わないことくらいわかっているが、見られるのがなぜか怖くて恥ずかしい。

母親に疎まれた証拠だ。紙人形のように燃えることを期待されて点けられた炎だった。自分では鏡に映して見るしかないそれが英の目に、自分が知るより醜く見えている気がしてしかたがない。

「……」

震えそうになる自分のことなど知らない英は、失礼します、と言って、先にバスルームに入った。真っ先にシャワーに手を伸ばす様子が、テレビでスプリンクラーにはしゃいでいた真っ黒のレトリバー犬っぽい。

前屈《かが》みに低い風呂の椅子に座らされた。

ざっ、と床で湯気が立つ。

「手、横に出してて」

ビニール越しの手でバスタブの縁を摑まされ、膝までズボンをまくり上げた英に、襟足からシャワーをかけられる。

「わー……。ひどいね」

英が髪を搔き回した途端、ざらっと音を立てて落ちてくる泥の量に環は驚いた。これでは英が洗いたくなってもしかたがないと思うほどの、泥水に近い色だ。

タイルの溝を砂が這い、排水溝にコーヒー牛乳色の渦が吸い込まれてゆく。

シャンプーはシーブリーズだ。少し気まずく思いながら、いつものように反則ものの気持ちよさで髪を洗われるに任せていた。

透明になるまでお湯で流して、泥を流すだけのシャンプーをした。耳の後ろや首すじに飛んだ泥跳ねを、丁寧に親指で撫でさすって落としてくれる。

さっぱり流されて軽くタオルを巻かれて息をつく。夏の雨だが身体が冷えていたようだ。ほっと身体がやわらかい。そう思うとき。

「これ……」

と肩裏の傷に触れられた。一瞬息を呑みそうになったが、Tシャツを脱いだときに覚悟したことだ。

「こないだ言った火傷の痕。ちっちゃい頃のなんだけど、痛かった記憶だけはあるんだ」

火が怖くなっても当然と思わない？　と、明るく訊いた。

あのときは、火傷のことを話してしまったことを後悔したが、何が幸いするかわからないと今は思っている。

――火傷したこと、先に話しといてよかった。

話していなかったら、傷を見せることはできなかったと思うし、こんなふうに笑ってやり過ごせる覚悟もなかったと思う。

「うん」

と、理由を訊かずにいてくれる英は、背後にひざをついてタオルドライをしてくれた。気持ちよさに目を閉じる。だが、拭き終わっても支えるような指は離されずに、うしろ頭に。

「……」

額をつけられる感触があって、環は何もないところに目を見張った。振り向こうとしてで

きない。うなじに触れる呼吸がある。タオルで撫でる襟足を追うように、触れて、押し当てられる熱は――唇だろうか。

「え……」

「立って」

ぞくりと震える瞬間、そう囁かれ、腕を引かれていっしょに立ち上がると「右腕を出して」と言われた。ビニールの手首から上、肩の下までシャワーで撫でて、きれいに泥を落としてくれる。

「あと、できる?」

「あの」

さっきの何だったの?

そう訊きたくてできない。できる、と答えると、英は頷いてバスルームを出た。

「――……」

何だったんだ、さっきの。

シャワーの中に立って、見えないその感触が唇であったかどうか判断するために、襟足をそっと撫で肌の記憶を呼び起こそうとすると、頬の血管が切れたように、カッと頭ごと熱くなった。

何であんなこと。

ずきずきとする唇の感触が残る襟足を押さえたまま考えても、答えなんて出るわけがない。

そう言えば、まだキスの理由も訊いてない。でも。

「……馬鹿だよ、こんなの」

シャワーでその感触を洗い流すように、環はそのまま襟足を撫でこすった。理由など、これから先も、訊けるはずがない。

それに、と皮肉な笑いが口を突いた。だいたい英がなんて答えてくれたら自分は満足なのだろう。

《オカズとして、おいしくいただきます》と、心の中で手を合わせ、ドアの向こうに英がいないことを確かめてから、泥袋のようになってしまったカーゴをバスルームで脱いだ。

英のビニール袋作戦は成功で、包帯はまったく濡れていない。輪ゴムくらいはいいとして、どうしてビニール袋なんて持ち歩いているのだろう。そんなことを考えながら急いでシャワーを浴び終わる。

ビニールをはずし、また濡れてしまった髪にタオルをかけ、バスルームを出る。

乾いたTシャツを着て、腰にバスタオルを巻き付け洗面所のドアを開けた。

「ありがとう、英。シャワーどうぞ」

そう言い置いてそそくさと奥に行き、綿の部屋着のズボンを穿《は》いて洗面所のほうに戻ると。

まだTシャツを着替えていない英が立っていた。

「俺の服、嫌？　ランドリー、行ってこようか」

一時間風呂に入ってたら乾くよ、と、笑いかけても英は少し俯きぎみで立ったままだ。

目の前まで近寄ると、包帯の手を取られた。

軽く引かれて、壁にもたせかけられる。

どん。と後頭部が小さな音を立てた。瞬く動きに釣られるように英を見る。

「……英……？」

自分の両耳の横に、英の手首がある。

「……」

頭にかけていたタオルを覗き込むように見つめられる。間近に彼の泣きボクロがある。前髪の影。ひどく何か言いたげな表情だ。英は、壁についていた手を片方外し、タオルでゆるく、髪を拭いた。そして少し掠《かす》れた低い声で。

「――濡れた髪、俺以外に見せないで」

囁きがそのまま、唇に触れた。

一度。首をかしげなおしてもう一度。

「え、い？」

Tシャツの上から腰を撫でられて、ぎくりとする。

ゆっくり自分を抱きしめる英の肩が自分のそれに触れる。ため息のような、長い呼吸を英は零した。

英の鼓動がものすごく速い。

英の首筋。雨のにおいが残ったままの英が薫る。

「……ぁ……」

――うつる……!

逃げるように視線を伏せて、頭が痛くなるくらい息を止めた。

とっさに英の胸に手をつこうとしたが、傷の痛みがそれを阻んでできない。

何も訊けなくなるくらいドキドキしている英に引きずられそうになる。言い訳ができない速さにまで。

「……」

タオルと髪の隙間に手を差し込まれる。欲情や今までふざけ半分で自分に与えてきた幸せを、混乱が上回って勃ちもしない。耳の上から頬を包んでも十分な英の手の大きさだ。そのまま軽く上向くように導かれてキス。

今度は深い――。

「……っ……」

舌を吸われる。先尖がピリッとするまでゆっくり強く。吐息が唇で塞がれる。唇の間で立つ濡れた音が、いやらしい気持ちを撫でてゆく。

ばくばくしすぎて苦しい。目が開けられない。驚きを熱が塗りつぶしてゆく。心臓が粉々になって胸から飛び散りそうだ。鼓動の音が大きすぎて雨の音が聞こえない。

何で。

そんな問いかけを塞いでしまうくらい、身体を撫でる英の手のひらが気持ちいい。上顎を舌先で撫でられて背筋が震える。壁に押さえ込まれて交わすキスに、壁に投げたプリンのようにそのまま床に垂れ落ちそうになる。

「……は……。――――っ……!」

少し開いた唇と唇の間で、吐息が混ざるのを感じた瞬間、死にそうに欲情した。

すごい触れたい。キスがしたい。

自分の中でとっくに薄まって消えてしまったはずの欲望が、五月のように一斉に苦しく芽吹くのがわかる。

「わう」

唇で首筋を撫でられて、おかしな声が出た。恥ずかしくてすくめる肩を、押し込むようなキスが開かせる。ちりちりとした痛みがあった。耳の下と首筋と。そのまま辿る鎖骨をTシャツの上から軽く噛まれて、吐息が漏れる。

濡れたジーンズの膝に脚を割られる。英の高いその付け根に、塊を感じて本能的な戦《おのの》きが自分に息を呑ませた。

「え……い」

英が何を考えているのかわからない。疚しすぎて見る妄想かもしれないと、こんなに擦れる肌の熱さが鮮やかなのに思いたくなる。

——このままましてしまうんだろうか。

望んだことだ。想像して快楽を得たこともあるし、夢見たこともある。でも。

こんなことをすることになると思ったことがなかったから、どう受けとめればいいかわからない。

「英……っ……！」

Tシャツにくぐらせた手に素肌を撫でられて、反射的に英の胸についた手に力を込めた。

待って、と、言おうとした。その心臓の上に。

「……」

背中を丸めた英が静かにキスを押し当てる。爆発しそうに打つ心臓。もう脈の切れ目がわからないくらい速い。

「まっ……」

押し返そうとした肩は、びくともしない。そんな英に。

「あ……っ……！」

Tシャツの上から胸の尖《とが》りを嚙まれて、声を上げた。急いで口を手で塞いだが間に合わなくて、恥ずかしいほど熱のこもった音になった。

「英……えい……！」

やめて、という言葉が、意地悪に胸の飾りを噛んでくる前歯に潰《つぶ》されてしまう。

「……や……！」

布越しに舐《な》められる。吐息が先に染みこんでくる。すぐに湿ってくる感触があった。布越しに噛まれるもどかしさが、シャツに含まされた吐息の熱さに倍増される。

肌が濡れるくらい湿らされる。噛みなおされるたび、ふうっと息で熱くなる。唇が離れてもシャツの中に情が残る。

シャツの上からでも形が読み取れているように、英が丸く舌を這わせてくる。

きっと透けていると思う。簡単に先端だけを噛んでくるから、きっと尖っているのだと思う。

「は……っ……」

布越しに吸われて、じゅうと、水を含んだ音がした。崩れ落ちそうな、熟れた衝撃が腰で疼く。

シャツごと前歯で噛まれたまま引っ張られて短い声を上げた。ぴん、と外れて布だけが彼の歯の中に残れば、今度は大きくぜんぶを噛みにくる。

下腹がうねるように大きく疼いた。反対側を指に摘まれて天井に喘《あえ》ぐ。乾いた布越しにすりすりと擦られる。張り付くくらい濡らされた反対との感触の違いに戸惑って、逃げる仕草は曖昧になるばかりだ。

「ん――――！」

長く噛まれて吐息がすすり泣きめいた音になった。

Tシャツの下に流れそうに濡らされた胸元から英の唇が離れるとき、たまご色の灯りの中わずかに唾液の糸が光るのが見える。一瞬覗いた尖った舌。先を噛んだ前歯の白。あんなものになぶられているのだと思うと、余計にたまらない気持ちになる。

「英……」

もう踏みとどまれる気がしない。

英ならいい。なし崩しでもいい。でも英は？　英は自分が男でも構わないのだろうか。こんな行為を何だと思っているのだろう。英は、男が好きなのだろうか。いつわかったのだろう。英は自分を何だと思っているのだろう。

「なんで……、こんなこと……」

たまりかねて、うわごとのように尋ねた。それに。

胸元でぼそりと英が答える。

「――――責任があるから」

雨以上に冷たいそんな言葉が肌を流れ落ちるのに、一瞬呆然とする。続けて英は落とすように呟く。

「俺のせいでしょ？　それ」

手の甲の疼きが、急にはっきりと、雨音と共に戻ってくる。

怪我をさせたから。泥まみれにしたから。

美容師だから——客だから？

自分の弱さや、英に見透かされた愚かな恋心を、セックスを代償に埋め合わせればいいのだと、寝てやると？

「ッ！」

あまりの驚きと怒りで声が出なかった。英を激しく突き飛ばした。

いつから。

そう考えたら目の前が真っ暗になった。

手の皮膚を裂いたときから。それとも髪を焼いたあの日から？　それとももっと前。美容師として仕事をする英に馬鹿みたいに恋をする自分の心臓の音が聞こえたとでも。自分の気持ちをわかっているくせに、知らない振りで馬鹿にして、懲らしめるつもりで、あるいは優しくして責任を取って寝てやるとでも？

「ふざけんなッ！」

怒鳴って、英の腕を摑んだ。びりっと傷に電流のような痛みが流れたが、そんなものなど構えなかった。

「出て行けよ」

英の鞄を摑んで胸に押しつける。それで殴られなかったことを、この男は自分に感謝しなければならない。

「環さん」

「出て行けっ！」

怒鳴って、英を玄関に押し出した。

ドアを開いて蹴《け》り飛ばすまでもなく、英は逃げ出すように玄関を出て行く。

ドアノブにしがみつくようにして鍵をかけた。ドアの向こうにためらう気配があったが、それはすぐに立ち去った。

「……」

信じられない。

踏みにじられたなどという生やさしいものではない。

からかわれたのだ。いちばん好きな人間に、大事に隠した恋心を見透かされ、弄《もてあそ》ばれた。

怒りと動揺で息をうわずらせたまま呆然と玄関に立ち尽くした。

途方に暮れる自分の胸元に不意に。

「！」

英が噛んだシャツが冷たく胸に触れて息を呑んだ。

「っ――――！」

虫が入ったときのような必死さで、それを脱いで玄関ドアに投げつけた。

まだ熱く痺れたままの胸の尖りが、浅く疼いて死にそうな気持ちになる。

ドアの向こうは雨音で満ちている。

今にも泣き声に変わってしまいそうな喉の痛みを、激しい呼吸で吐き出した。

我がもの顔で玄関に満ちる雨のにおい。呆然とする自分と傷の疼きが取り残されている。

何も聞きたくなくて耳を塞いでも、傷が疼く音も雨の音も鼓動も胸元でつきつきと悲鳴を上げる熱も、自分を犯すのをやめない。

人に傷つけられることは何度もあったけれど、こんなふうに恋に傷つけられることなど初めてだと、環は思った。

†

†

†

カウンター横の生け簀《す》に、村上が洗濯機についていそうな太いホースで、どぼどぼと海水を注《そそ》いでいる。水槽の中には気持ちよさそうに、炭酸めいた泡が渦まいていた。ホースは店の外に停めたトラックのタンクに繋《つな》がっている。

ここから二時間の場所にある磯の海水をマメに取りに行くのが、おいしい生け簀を保つ秘《ひ》訣《けつ》だ。

まだ三十センチしか溜《た》まっていない水の中では、届いたばかりの中型の魚が泡の間からラメのようにきらめく群青の背を見せ、斜めになりながら窮屈そうに泳いでいる。

生け簀の掃除も板前の仕事だ。仕入れにはこだわりがある。おいしそうに見えてほしい。

「ヒラマサ入ってくると、夏！　って感じがするな」

落ち着きなく生け簀の底を泳ぎ回っているメタルブルーの背中を覗いて、村上が嬉《うれ》しそうな声を出した。

ブリ御三家、鋭く締まった流線型が食欲をそそる《青背の貴公子》ヒラマサだ。ヒラマサ、カンパチ、ブリの区別がつくお客はほとんどいない。成長具合で名前の変わるイナダとワラサを別魚だと思っている人が多いし、地方名のメジロ、ハマチをブリだと思っていない客も多く、便利なカウンターのネタ話になっている。

「うん。いいヒラマサだね、刺身とマリネ、炙《あぶ》り焼きしてフォンドボーとショウガのソース考えるってマスターが言ってた。頭《カブト》は赤ワインで煮込み。あとネギポン酢でしゃぶしゃぶと、骨回りはみりん醤油塗ってエリンギと一緒に炭で焼こうか、って」

大きなホースを握る村上に、困った笑顔で環《たまき》が告げると、「何その使い倒す感じ」と村上は同じ顔で笑った。

一つの食材を作業的に調理するのはおもしろくない。素材の味を生かしながらどれくらいバリエーションを広げられるか、奇跡の取り合わせ《ミラクルマリアージュ》を模索することこそ板前の醍醐味《だいごみ》だ。

――――食べられるとこ全部、おいしくいただきます。

心の中で、美しいヒラマサに囁《ささや》きかけながら、冷たい海水に雲る生け簀のガラスを拭《ふ》く。

その頭上から村上が。

「もう、手の怪我《けが》はいいの？　環」

《おまえ、蟻《あり》かなんかを踏みつぶしたんじゃないの？》

翌日怪我の報告をすると、マスターはすぐさま鯛《たい》を一枚提《さ》げて、自分を近所の神社にお祓《はら》いに連れていった。縁起は《とらわれずかつげ》というのがマスターのポリシーだ。

「痕《あと》が残っちゃったけどね。もう完治」

と、環はひらひらと広げた右手を振ってみせる。

縫うか縫わないか迷うくらい深めの傷だったが、どうにか塞《ふさ》がりかさぶたも取れて、ピンクの筋が走るだけだ。さも縫い潰《つぶ》したのだと見せつけるように派手に縫ってもらえばよかったと思いついたのは、傷口が少し治まってからのことだった。

「皿洗い生活、辛《つら》かったなあ」

と笑うと、村上は「今度は指切るなよ？」と、災難続きの自分に苦笑いをした。

防水絆創膏《ばんそうこう》を貼《は》れば包丁も握れたが、生ものを扱う板前だから、食材を触る手に怪我がある間は板の前を外されるのが決まりごとだ。化膿《かのう》の元になる黄色ブドウ球菌は食中毒の大きな原因となる。

傷が塞がる半月の間、自分に許されたのはフロアと皿洗いだった。水仕事中、当然右には防水手袋をしていたが、ずっと前屈《かが》みの姿勢だから腰に来た。

あのお巡りさんはわざわざ様子を見に来てくれ（客としてだが）、酔っぱらいからは詫《わ》びの連絡が入った。会社でうまく行かず鬱憤《うっぷん》が溜まっていたと言っていた。

その酔っぱらいと池田氏、徳一木工からそれぞれ菓子折りが届いて、磯月《いそづき》はしばらく三時のおやつに困らなかった。

「迷惑かけました」と、環が言うと、「なんの」と村上が笑う。本当にいいヤツだ。

そして、いい人というと。

「新倉《にいくら》さん、喜んでたね」

と、村上が言った。

「環に気があるんじゃないの？」

「ばーか。優しいんだよ。新倉さんは」

手の甲に大きな絆創膏を貼った自分に、こっちがびっくりするほど驚いていたのは新倉だ。

酔っぱらいの喧嘩《けんか》に巻き込まれて、と、説明すると尚悲愴《なおひそう》な顔をした。
《何を考えてるんだ。環くんは板前だろう？》
《そんなところに突っ込むなんて、蛮勇にも程がある。大怪我になったらどうするつもりだったんだ》
と、新倉は驚きのまま自分を叱り、
《――――でも無事で良かった》
最後はそう言って喜んでくれた。
その後は、フロアに出るたび傷の具合を訊《き》き、医者に診せたほうがいいと言い、生活の不自由はないのかと訊いた。そのあと、
《傷が治るまで、俺のところで暮らさないか。面倒見るよ？　全部》
そんな言葉を村上に聞かれていたらしい。
新倉はゲイで、自分にそれを隠すつもりはなくて、彼女はいない、と言ったせいで、宗旨替えを勧められ、女性と暮らすよりはぜったいいいよ？　と、気心も生態も知れた男同士の、恋愛を視野に入れた生活を勧めてくる。
新倉が言うのが本当なら、自分は新倉の好みで、《試しにつきあってみない？》というくらいの感覚で、友だちのもう少し上のライトな交際を望んでいるようでもあった。《気にいらなければやめればいい》と、軽く言った新倉は、今までそんなふうに、いろんな人間とう

まく触れあってきたのかもしれない。

村上やマスターよりも、少し熱っぽい誘いは甘かった。あの優しい人に大事にされる立場に憧《あこが》れはしたけれど、だから余計に今は、恋愛のことを考えたくない。

新倉の好意に首を振ったのに、新倉はそれでも自分の板場復帰を喜んでくれ、お祝いと言って、お花代を包んでくれた。

そんな新倉に、自分のせいでおかしな噂《うわさ》が立つのは嫌だ。人の偏見など気にもしなさそうな新倉だが、隠すべきいちばん弱く、柔らかい部分を攻撃される辛さを感じないはずはないと思う。

「……」

水が中程まで溜まった水槽に映る、自分の姿に環は軽く目を伏せる。

前髪を軽く落として、バンダナで纏《まと》めている。

あんなことがあった英《えい》がいる店に――リンツにカットにゆけず、伸びすぎた髪をワックスで掻《か》き上げて凌《しの》いでいた。前回は焦げたところを切っただけだし、入れる気もないカラーを考慮して長めにカットしていたから、たった二月足らずなのに、三、四ヶ月切っていないようなうっとうしさだ。今頃《ごろ》アンコウが地味に効いてきた気もする。

会って、問いただして彼の不埒《ふらち》を謝らせても余計傷つくのだろう。

聞かなくても理由はわかっている。自分が英を好きだから、客だから、美容師だから。

――濡《ぬ》れた髪、俺《おれ》以外に見せないで。

思い出すたび腰に響く、あの囁きもそのままの意味だ。よく考えれば直球の営業トークだ。

それなのに。

馬鹿《ばか》みたい。

ヒラマサにため息を聞かせて、環はバンダナの隙間《すきま》から零《こぼ》れた前髪を指で払った。

一人で勘違いして、うろたえて。英の目にはさぞかしみっともなく滑稽《こっけい》に映っただろう。

それこそ寝てやる気分になるくらいに。

「髪伸ばしてんの？　環」

前髪を気にした自分に、頭上から村上が訊いてくる。

「いや。切りに行くタイミングを逃してるだけ。休みの日、寝坊しちゃうともう出たくなくなるから」

「わかるわかる」

と、村上は明るく頷《うなず》きながら脇《わき》に抱えたホースで海水を注いでいる。元気の良い村上がそうしていると、消防士か何かのようだ。

「そろそろモーター回していいよ。そう言えば、環のさ」

本当についでのように、村上は訊く。

「恋愛話って、聞いたことないね」

「そう？」

という返答が笑顔になるくらい場数は踏んだ。それに。

「環はさ、《あのひと美人》とか《あの子かわいい》とか、いっつも言ってるけど、つきあってるとかデートがあるとか聞いたことない」

「どうかな。遠い人がほとんどだから」

「遠距離？」

「いや、結構会う。近いし。なかなか言い出せないけど」

「うわー、片思いなの？　環のくせに！」

「くせに、って何だよ」

不本意なことを言う村上を軽く睨《にら》んだ。村上は「お客さんとか？」と、もうすぐ満タンの水槽の様子を見ながら、からかうでもない声で訊いた。少し慰めの色がある。男はたいがい失恋した男に優しい。それに環は首を振った。

「環、すっごいフレンドリーなのにね。環に会いたがる客も多いし。……近づきがたい女《ひと》？」

「そうでもない」

コミュニケーションというなら濃密だった。それを生業《なりわい》にする彼は、平気で髪や肩に触れたりしてくるし、彼の肌のにおいや濡れたＴシャツ越しの体温も、吐息の熱も知っている。

「でも遠いの。鏡の中の人だから」

鏡の向こうのいい男。

それだけで幸せだったはずなのに、彼が映る鏡は割れてしまった。

歪んだ水槽の奥にぼんやり焦点を求めた自分に、

「不倫はやめとけよ？」

と村上は言った。曖昧《あいまい》に笑うしかなかった。


どうやったら立ち直れるんだろう。

自分の靴が、アスファルトの上の砂を踏む音を聞きながら、夜の家路を環は辿《たど》っていた。

暑さも、梅雨のまとわりつくのと違う、腕を撫《な》でる夜風はさらりと涼やかだ。

それも八月に入るまでの間だろうと、猛暑らしいと言っていた天気予報を思い出して、空を見上げた。

硬い夏の夜空に、尖《とが》った星が瞬いている。

冷えかけたアスファルトのにおいも、ブロック塀にボタンのように留まっている蟬《せみ》もすっかり夏だ。

門柱をくぐった。土砂降りの夜、英と入ったあのアパートは別の建物ではないかと思うくらい、常夜灯に白々と建物がやけにくっきり浮かんでいる。

こっちが多分本物だと、蛍光灯に照らされたアパートの入り口に招き寄せられるように歩いた。

白く乾いたコンクリートの外壁。先客が蛍光灯の下で弾《はじ》き合う音を立て乱舞しているのを眺めて、疲れた、と、環は思う。

今日の磯月は、生け簀を洗ったのを見られていたかの謎《なぞ》の大盛況で、メインとなる食材を使い果たし、早々にバーに切り替えた。

そうなれば板前は一人でいいし、フロアも最低の人数でいい。

残ると言ったが、真っ先に帰宅しろと指名されたのは自分だった。

確かに最近休みを取っていない。夜も最後まで残っていて、終電で帰る毎日だった。

働けば大丈夫だと思っていた。板前という仕事が本当に好きだった。

忙しい毎日。充実していた。覚える技術はいくらでもあった。

そうしていれば、英のことなど忘れてしまうと信じていた。

毎日会っていたわけではないし、英としていた約束もない。彼がいなくても生きてゆけるし、日常生活にもまったく変わりがない。一ヶ月の中から、たった一日、リンツに行く日がなくなるだけだ。

バスルームにゆくと思い出したり、首すじや鎖骨に残されたキスマークが消えるまで延々と絆創膏を貼りつづけたり、血で汚れたTシャツを捨てるとき少し泣いたりしてしまったが、引っ越してまで捨てなければならない思い出は何も持っていなかった。

またどこかで好みの男を見つけようと思っていた。眺めて楽しむだけの、テレビを見るような、無責任な喜びに浸る生活に戻ろうと思っていた。

二年後には《そういえば美容師に惚《ほ》れたこともあったっけ》と懐かしく思い返すのだろう。英と交わした火に触れるような口づけも、爆《は》ぜる鼓動も、手の甲の傷も、若かったなあ、と苦笑いをしながら誰にも言わない恋の思い出として、一人で思い返すのだろうと思っていた。そんな記憶すら、氷が溶けるみたいに、いつの間にかなくなっているのだと信じていた。

胸の奥に、英という重い異物がある。

日ごとに輪郭を際だたせ、重みを増してゆく。嘔吐《おうと》してしまえば楽になると思うくらい苦しいのに、心の粘膜に貼りついて吐き戻す方法がわからない。

いつ頃溶けるんだろう。

心細く思いながら、エントランスの壁にあるステンレスの郵便ボックスの《203》と書かれた扉を開ける。寂しそうに郵便物が立てかけられている。保険会社のDM封筒とサマーセールのハガキが二枚。

一枚は靴屋。もう一枚は――――。

「……」

リンツからの暑中見舞いだった。

《ハガキをご持参いただいた方は、ヘアケア製品10%オフ》

いかにも夏の美容室らしい、七色のエンゼルフィッシュと髪を靡《なび》かせた女性のイラスト。そのいちばん下。

《担当》という印刷の横に、《木ノ下》とボールペンの手書きがある。そして。

《待ってます》

お世辞にもきれいとは言えない文字で書きつけられた言葉に、胸の中がゆるく崩れてゆくの感じる。

――感心するほど自分は馬鹿だ。

こんなの誰にだって書く。割り当てられたハガキを減らすためだ。成績のためだ。英にだってそんなつもりはない。客だから、と、何度もはっきり言われた。

なのにこんなに嬉しがって恋しがって、苦しがるのは、本当に馬鹿だ。

「……っ……」

奥歯を嚙《か》みしめて、背中からのしかかってくる重い衝撃に耐えた。

居場所がない。英の前では鏡の中の自分さえうまく作れない。

手が震え始める。炎を見たわけでもないのに喉が塞ぐ。

――燃えてしまえばよかったのに。

喉に押し込まれる記憶の声を、呑《の》み込みそうになるのを必死に堪えた。

笑えなければ、負担にならないような自分でなければ生きていられない。こんな自分を誰にも知られてはならない。

誰かと心を温めあうことなど許されるはずもなく、本当の気持ちも、涙も、寂しさも理不尽も、誰にも見せることができない。息を殺して、一人で。一人で――では自分は何のために？

夏の濃い空気に肌の輪郭を溶かされる気がする。飽和してこのままいなくなってしまいそうな気がする。

目を開けるのが怖くなった。誰かが自分を見つけてくれなければ消えてしまうと思った。

携帯を取り出した。名刺は鞄《かばん》に入れたままのはずだった。

誰かに見つけてほしかった。

消化したつもりで、胸に溜まり続けた濁った言葉を嘔吐したい。

自分は、英を好きになってしまって、そんな自分を認めてくれる人に、一言、仕方がないのだと笑ってほしかった。

英が好きだ。息ができなくなるくらい好きだ。

でも、寂しさで疲れた。本当に疲れてしまった。

自分が何だったか思い出せない。張り詰めていたものが急に切れて、ぐにゃりと歪《ゆが》む自分の外殻を、どこを中心に支えていいかもわからない。

こうしてこの先生きて行くのだろうかと思うと、もう一歩も踏み出せない――。

耳元で、三度目のコールが鳴る。

はい？　と名前を名乗らない、少し警戒した声はそれでも艶《つや》めいた甘さを持っていた。

「新倉さん……。あの、環と言います」

磯月の、という前に、環くんか、と、声のトーンが明るく和らいだ。

「はい。こんな、遅く……すみません。急に」

声を聞いて、この回線が人に繋がることに安堵《あんど》して、今が多分、二十三時に近いことを思い出す。

『どうしたの。どこ？』

「……家です」

新倉を呼び出したものの、こうして携帯を握っている今でさえ、何がしたかったかわからない。

『名刺、捨てられたと思ってた。これ、環くんの携帯？』

「はい」

礼の電話は、新倉に何も知られたくなくて、あの雨の日以来、バッテリーの調子が悪いことを口実に店から掛けた。最近不審電話の着信もあった。保身の感情だったかもしれない。

そんな新倉に、今さら甘えるのは卑怯《ひきょう》だ。

『遊びに行くお誘いだったら嬉しいけど。何かあったの？』

宥《なだ》めるような新倉の優しい声に、いえ、としか答えられなかった。

「すみません……俺……」

爆発しそうな箱をあけたら何の言葉も入っていない。

改めて今、新倉にゲイだと告白して、新倉が言うように同じ性癖を認め合って過ごすのが楽なのならば、そうしてみたいというには、あまりに衝動的で軽率な行動だった。新倉に預ける決心など何もついていないのに。

「……新倉さんの、声が聞きたかったんです。おやすみなさい」

優しくされると知っていたから。彼がゲイだから。

『それだけ？』

「はい」

『こんな時間に、そんな声で電話、掛けてきて？』

「……すみません」

『今から迎えに行こうか？　落ち着ける場所に行ってもいい』

「いえ。大丈夫です……すみません、本当に」

自分の短絡さを絶望的に恥じた。不安だからと言って、許されたからと言って、新倉に甘えるのはどうにかしている。

「すみません……」

勝手に掛けて勝手に切るいたたまれなさに頭痛のような目眩《めまい》を感じるとき。

『悪いと思ってる？』

「はい」

『じゃあ迎えに行くよ。そこ、どこ？』

「いえ、本当に、すみません……！」

『《悪いと思ってる》？』

「はい……」

『無理やりどこかに連れていったりしないよ。環くんが降りたいと言ったら、その場でブレーキを踏む』

「新倉さん……」

冗談めかした言葉が含む優しさは、弱った自分を溶かすのに十分だった。

アパートの在りかを告げた。通りから少し入った分かりにくい場所にあるから、通りに出ると言いながら歩いた。

支えようのない疲労感や朦朧《もうろう》に和らげられていなかったらきっと、こうしている間にもどんどん研がれていく自己嫌悪で死にそうな気持ちになるだろう。

俯《うつむ》いて歩く頰《ほお》に、伸びすぎた髪がバラバラと落ちてきて、ようやく首をもたげた理性の力をまた奪い取る。

「……駅前を過ぎて、二つ目の交差点を左。道なりに走ったら、コンビニが二軒ありますから、その次の信号の角を右に入ったら、空き地があるので、そこまで……」

出ます、と、言いかけたとき。

ぴぴっ、と短い電子音が鳴って急に通話が切れた。

驚いてそれを見た。

バッテリー切れだ。

「……」

それを握ってしゃがみ込みそうな大きな息をついた。コンビニのあかり。信号が明滅する。ごうごうと夜独特の道路の音がしている。急に現実に投げ出されたようだった。

罰だと思った。

自分が最低だと罵《ののし》った英と同じことをしようとした。新倉の好意を利用しようとしたのだ。

「……」

自己嫌悪で死にそうになりながら、とりあえず動かなければ、と環は思った。

走って家に戻って、新倉に電話を掛けなおして、謝って、それから――――。

曲がってくる車をよろめくようにして避けた。その車は。

「ちょうど帰る途中」

下がるウインドウの中、片耳からイヤホンを外しながら笑ったのは、スーツ姿の新倉だ。

乗って、と言われても、もう何も言えず、環は新倉の白の4ドアに乗り込んだ。


「触れなば落ちん、とか、据え膳《ぜん》、とかいう言葉は嫌いじゃないし、気がつかないのは無粋だと思うけど」

夜の海岸線に出る頃《ころ》、何も事情を話せない環に、

「そういうの、あとで後悔するだろう」

と、今の自分がそうなのだと、運転する横顔を見せながら新倉は穏やかに言った。

「本当にすみません」

オウム以下の謝罪をまた繰り返して、自分で呆《あき》れて言葉が尽きる。

「いや、単純に嬉しかったよ」

声が聞きたいって言われるの、嬉しくない？　と訊かれて、はい、と頷いた。新倉がこんな人でなかったら、ぜったいにこんなことはしない――だから余計に自分は卑劣だ。

「すみません……」

理由も話せず、今の気持ちも打ち明けられない。

そんな自分を新倉は簡単な条件で許してくれた。

《せっかくだから、ドライブにつきあって》

居場所がなくなるくらい、新倉は優しい。

「じゃあ、もう謝らなくていいから、映画に行く約束をして？　俺に、そんな用事で電話くれたのは、少し期待してもいいってことだよね」

「あ」

「声が聞きたかっただけの用事なんて、恋人にしか言われたことないよ」

「そういうつもりじゃ……。すみません」

苦し紛れの一言までが、新倉への不誠実だ。だが新倉はそんなものさえ見透かして、

「わかってる。一人で映画に行くのが苦手でね。ただそれだけ」

ポップコーンが好きなんだけど、あれを一人で買いに行くのって何か嫌だろう？　と困った顔をした。

それで帳消しにすると言ってくれる。そんな新倉に本当に申し訳なかった。

「土日、空いてそうにないね」

「木曜の、レイトなら」

「八時ぐらいに待ち合わせはどう？　詳しいことはまた電話していい？」

「はい」

映画を見に行くだけだ。それでも友人同士で映画に行く以上の意味が新倉にあることはわかるのに。

信号でブレーキを踏んだ新倉に見えるように、環は肩をひねって新倉の肩先で頭を下げた。

「すみません、本当に」

そう言うと、新倉は初めてこっちを向き、端整な顔に苦笑いを浮かべた。

「そういうところが好ましいんだけどね」

ホントにつきあってみる気、ない？　と、髪を撫でてくれようとする指を。

「……っ……」

思わず手を翳《かざ》して止めた。

みっともなく髪が伸びている。いくら何でも、英への未練のような髪を、新倉に触れさせるのは悪いと思った。

「すみません……。髪、切ってきます」

そう言うと新倉は、軽く微笑《ほほえ》んで「マスター、厳しそうだね」と、髪を伸ばしていたことに気づいたようなことを言った。

信号が青に変わる。新倉は静かにアクセルを踏んだ。

「携帯電話のバッテリーも、入れ替えてきます」

「そう言えば、さっき、携帯」

「水たまりに落としてから調子が悪いんです。ついでに変えてきます」

少しでも新しい自分になりたい。捨ててしまいたい。

結局こうだ。

悟ったつもりで、渡れるつもりで、上手く笑えているつもりで全然逃げ切れていない。

一人でいいと嘯《うそぶ》きながら、温もりを欲しがって寂しさに耐えかねている。

一人で生きて行くのは怖い。自分と同じ人間がどこにもいないなら、いちばん近い場所に身を寄せるしかない。

練習して、慣れて、諦《あきら》めればいつか、馴染《なじ》めるだろうか。あたたかさを、幸せによく似たものを、自分にも手に入れられるだろうか。

もしも――――もしも新倉がそんな場所に招いてくれるのなら。

「映画、楽しみにしてます」

寂しくないというのはぜったいに嘘《うそ》だ。

笑って生きても八十年。泣いて生きても八十年。

――自分みたいな人間が、うっかり長生きするんだよな。

そんなことを考えながら、環は市の中心部を通るバスのタラップを降りた。寄る辺もなく誰にも必要とされない人間が、うかつに生き延びて余計な寂しさを味わうのは避けたいと思っても、これぱかりは運命の知るところだ。

木曜日、四時過ぎ。気温はまだ昼間と同じくらい高い。

厚めの雲がカリカリの太陽を遮ってくれるのはありがたいが、それが蓋《ふた》のようになり地上で熱気が渦巻いて蒸し焼きになりそうだ。

蒸し暑い日だった。蒸気を押しわけて歩くような不快指数だ。

塾へ向かうダルそうな学生と、同じ制服でもアイスを食べながら楽しそうに歩く女子学生の姿は対照的だ。OLと、襟に指をかけるスーツがビルの前を歩いている。

空回りのディーゼル音と排気ガスのにおいを残して、バスが去ってゆく。それから逃れるように人込みへ。

英のことは忘れようと思っていた。

やっつけのDMハガキ程度でアレだ。今すぐ平気になれるとは思っていないが、悲しみに暮れているだけで日々を消費するほど経験不足ではない。

リンツの前を通って帰るのをやめた。

モールに沿って歩いて、少し遠回りをして一つ向こうの駅を使う。当然あの駐輪場も通らないし、偶然会うことも多分ない。

髪を切ろうと思っていた。そして今夜、新倉と会って話をしてみようと思っていた。

変身願望というのではないが、きっかけが欲しい。

英の知らない髪型になって、英に関係ない生活をして、英の知らない人と喋《しゃべ》って、英がいなくても普通に生活できることを自分に証明して、そしていつか本当に平気になって、忘れてしまうのがいい。

元々、どうせ待っていても、英と恋愛関係になれる望みなどなかったし、英がもし、あの夜の侮辱に対して謝罪してくれても許せるかどうかわからない。

ゲイであっても自分も男だ。

自分の気持ちが英に受け入れられないことも、そんな衝動を抱く自分が軽蔑《けいべつ》されることも当然だと思っていたが、あんなふうに恋心の足下を見られてつまみ食いのようなマネを
――英がそんなことをする人間だとは、思わなかった。

「どこにしようかな……」

人の流れに乗りながら、すでに三軒、美容院らしいウインドウの前を過ぎた。

靴裏からじりじりと熱が上がってくる。腕を濡らす汗が結露のようだ。

新倉との約束の時間まで、四時間ある。

美容室や服飾店が多い街を選んで出かけた。

リンツでなければどこでもいいと思って出かけてきたが、多すぎて目移りするし、どんな雰囲気の店かがわからなくて、ためらっている間に行き過ぎてしまう。

適当に飛び込めばいい。《短くしてください》と言うだけだ。

あの夜、英と過ごした毛先を切り落としてくれるなら、本当にどこでも構わなかった。

「でもこういう店は嫌……かな」

交差点角のビル前にさしかかって、環は雑踏を移す大きなガラスを冷やかしぎみに眺めた。いかにもファッション業界の最先端っぽい雰囲気を主張する、巨大なカットサロンだ。

大きな百貨店ビルの一階部分、向かいはブランドの服飾店で、大理石の階段がある大きなエントランスを挟んで向かいがこの店だ。

巨大な水槽のような一角だった。

ワニ皮模様の白い外壁。ガラスと鏡の銀。丸見えの白く明るい店内には、施術中の客と、いかにもオシャレそうな美容師や、カラフルなファッションに身を包んだスタイリストが熱帯魚のように行き交っている。

こちらに向けた銀のイーゼルに小振りのスチールがある。本屋か駅のモールのポスターで見た写真のような気がした。

理不尽なくらいカット料も高いのだろうし、偏見なのだろうがテレビに出ていそうな美容師に、アシンメトリーな奇抜な髪型にされそうなイメージがある。

自分も、汚くはしていないが、特別オシャレに興味があるわけではない。ジーンズにカットソー。ウォレットチェーンはクロムハーツ。普通の格好だが彼らの希望する客ではないだろう。

自分の中ではすでに美容室とは別業種だ。

英なら、と、いつものようにガラスの中の別世界を横目に眺めながら、環は歩く。

英なら、あの中にいても違和感がないな。

モデルのようなスリムな体型と長身。長い手の動きや、少し俯き気味なうなじのラインが目を引く。細身のローライズはさりげなくビンテージ。色を合わせたシャツやシザーケースが、他の人がマネしても意味がない、彼だけの雰囲気を作っていて綺麗だった。

「……」

そんなことを考えて、ダメじゃん、と、自分に呆れた。

忘れると決めて、そのために美容室を探して歩いているのに、その中に英の姿を想像しているなんて。そして。

「……」

英に雰囲気の似た美容師に見蕩《と》れて——立ち止まってしまうなんて。

——あんなに雰囲気の似た人がいるんだ。

環はのろのろと驚き、いちいち指先までがシャープな動きをする、鏡の前の彼を眺めた。

背後には数人の美容師らしき人間が立っている。抱えたパネルに何かを書き込みながら、カットの様子を見ている女性もいるし、腕組みで眺めている派手な色の服に眼鏡の男性もいる。

軽く伸ばされた長い指。少し薄情そうな横顔。目元にかかる黒髪にスライドする深いグリーン、左目の泣きボクロ。指先に翻る銀。

英、だろうか。本当に？

双子の兄弟が美容師。そう言われたほうが不思議ではないくらい、英がここにいる理由がわからない。でも間違いなく、あれは英だ。

リンツを辞めたのだろうか。

「……っ……」

心配が胸をざわつかせたが、自分にはもう関係がない。

こんなのがよかったのにな。

鏡の中の英を眺める幸せな日々だった。

英の側に自分の姿がなくても。

英が好きだったのに。

揺れる心の水を零さないように環が息を止めて踵《かかと》を引いたのと、英がこちらを見たのはほぼ同時だった。

「……」

視線が合うまでまだどこかで、英によく似た他人かもしれないと思っていた。だが。

「！」

シザーを置いた英が、英の後ろに立っていた人を掻《か》き分け、真《ま》っ直《す》ぐこちらに歩いてくる。

それでもまだ、何か道具でも取りに来たのだろうかと、近づいてくる彼を見ていた。

視界に入りきらない一面のガラスの向こう。手が届きそうなそこで、英が自分を見下ろしている。

どん、と、ガラスが鈍い音を立てる。英が手のひらでガラスを叩《たた》きつけた音だ。

テレビの中のできごとのようにそれを見る。

英の唇が動いたのが見えた。

――――待ってたのに。

そう動いたように見えたが、ガラスの上でぎゅっと手を握った英が、苦しそうに視線を逸《そ》らすのに我《われ》に返った。

逃げなければ。

軽く後ろによろめく動きのまま、環は足を踏み出した。

英から逃げる理由がない。久しぶり、と、笑えばすべてが済むはずだ。だが。

自意識過剰。

おかしいとわかっているが、鏡の内側の人間に急に外を覗《のぞ》かれたような気がして、ほとんど生理的に近い恐怖を覚えた。

「待って、環さん！」

胸の中でまぜこぜになるプライドと焦りで走り出せない早足の自分に、店から飛び出して来た英が追いつくのはすぐだ。

――久しぶりだね。どうしてたの。

あそこにいたのも見ない振りして、笑ってみせればいい。だが。

「離せよ！」

手首を摑《つか》まれた拍子に口から転がり落ちたのは、余裕のないそんな言葉だ。

「待って、お願いだから」

「離せって！」

「謝りたいんだ！」

何を？　と、自虐的な笑いが浮かんだ。そんな自分に。

「ごめん……」

英が掠《かす》れた声を絞り出す。英の眼差《まなざ》しは真剣だったが、そんなの謝罪でも何でもない。

「何言ってるかわかんない。仕事戻れよ」

冷たく振り払おうとするが、骨が軋《きし》むくらい強く摑まれていてできない。無理に引き抜こうとしたが無理だった。

「一言だけでいい、聞いてください」

「だから何を」

からかって悪かった。軽い気持ちでセックスしようとしてごめん。

そんな謝罪を聞いたって、本格的に叩きのめされるだけで自分の気持ちなどわずかにも穏やかになるはずがない。

英は、「そうじゃなくて」と、独り言のような音量で呟《つぶや》き。

「……また、店に来てよ」

「そうだね、髪が伸びたら」

その場凌ぎにもならないくらい無様に伸びすぎた髪の下で呻《うめ》いた。面倒くさかっただけではない、英と会うのが気まずいだけでもなかった。

こうして英に触れられて――英以外に、自分の髪に触っていい人を見つけられなかっただけな自分を知って、冷水を被《かぶ》ったような気持ちがした。

「言い訳がしたい。環さん。二ヶ月も」

「そんなのいらない。何か俺に悪いことをしたってホントに思ってるなら――」

英が謝りたいのがあの夜のことなら、こんな偶然のついでに済ませることではない。試すように英を見た。面倒くさそうなそぶりを見せたら、すぐさま殴ってやる。

「会いに来ればよかっただろ？　店も部屋も知ってるくせに」

本当に言い訳と謝罪がしたいなら、まず自分に会いに来るべきだ。

偶然会わない努力はした。だが勤め先も変えていないし引っ越しもしていない。会う手段ならいくらでもあった。

忙しかったと言い訳をするつもりなら全部ここで終わりだと思う。

英は、手の力は緩める様子はないまま、少し俯いた。

「鏡の中から出るのが怖かったんだ。だけど、俺はここにいて、環さんに、謝りたくて」

「意味がわかんない」

「お願いです。俺と来て」

「嫌だよ。用事あるし」

「客、待たせてるんです。お願いです……！」

ただでさえ目立つ英は、腰にシザーケースを下げている。そんな英に手を掴まれる自分を通行人がことごとく振り返ってゆく。

「お願い、こっちに来て」

懇願に似た英の声に、嫌だ、と開こうとした唇を。

「……」

冷たい感触が掠って、環は空を見上げた。

鉄色に光る雲が低い。

目の前で急に銀の糸を引く――――雨。

「俺と来て、環さん」

理由というには少なすぎる雨粒だったが、英と会う日はいつも雨だったから、逆らいがたい理由に思えてならない。


「――――木ノ下くん！　どしたの。知り合い？　その人」

店に戻る大理石の階段の上で、英の姿を見つけたらしい男が、自動ドアが開ききるのを待てずに声を上げた。

英を探しに外に出ようとしたところらしい。

顎《あご》ヒゲの黒シャツの男。白髪交りの髪をワックスでよくひねった、いかにもこの店に似合う髪型をしている男だ。

困惑したように英と自分を見比べる彼に、英は頷いた。頷かれても自分は困る。仕事の途中で飛び出した英と、英に手を摑まれたままの自分の関係が何なのか、自分にもわからないのだ。

「ま、まあいいや。とにかく戻って」

英は、すみません、と彼に頭を下げた。自動ドアをくぐり、大きなガラスのドアを押し開ければ、まぶしいほどの白と銀の世界が広がっている。

白い床と壁、銀の鏡、赤い椅子《いす》、鮮やかに光る観葉植物のグリーン。広々とした空間に無機質を演出する見慣れない景色だ。

英は、物のように自分の手を彼に渡すようにしながら、「お願いします」と言った。受け取りそうになった彼は、我に返ったように手を引いて、英の背中を見送った。

英は何度も、カットの途中だった女性に頭を下げていた。まわりのスタッフにも深く、一度。

そして。

拾い上げたシザーを指に通して動かしはじめる。

伸びた背筋と、きれいに折られた鳥の翼のような腕。彼の手の中で生き物のように毛先が踊る。

軽やかな銀の音が響く。

気まずくそれを眺め、いつの間にか見蕩れそうになって、環は目を伏せる。

あの店でも格別だったが、こんな店で見ればカッコよさは倍増しだ。英はこういう店でも仕事ができるんだなと思い――改めて、だらしなく髪が伸びっぱなしで普通の自分は、こんな場所にふさわしくないと思う。

「木ノ下くんのお友だち？」

とりあえず初めまして。と、急に目の前に手を伸ばされて、初めましてと答え、手を握り返す。手入れのされた、それでも荒れた指先。彼も美容師だ。

ボタンのような真っ赤なスツールをすすめられ、環はそれに腰かける。

「カットモデルさんか何か？」

と、ワックスで抑えるにも限界の、みっともない髪と英を眺め比べて、隣に座る彼が言う。

静寂に取り囲まれた英のまわりには銀の音だけがあって、彼を囲む人々も息の音を潜めて、緊迫の混じった静寂を守っている。

「いえ……久しぶりに会った、知人、というか……」

小声で環は答えた。このままそっと席を立とうかと思ったが、そうすれば、また追いかけられるかもしれないと思うとそれもできない。

「そっか。木ノ下くんの友だちって、あんまり想像つかなかったから。びっくりしたよ、木ノ下くん、急に飛び出すから」

英の失敗を見逃すつもりのような明るい笑いで男は言った。そして《あ、僕は、ここの店長の山下》と思い出したように言うから、環です、と答えた。

彼は一度、愛想良く自分に笑いかけ、英に視線を据えた。

「あいかわらずスゴイよね。木ノ下くんは」

と感心しすぎて呆れたような息をつき、山下店長は言う。

「誘って誘ってやっとデモンストレーションに来てくれてね」

「ここで仕事してるんじゃないんですか」

「うん。木ノ下くんさえよければ、僕はいつでも大歓迎だけど。店から出るのが怖いって、頑《かたく》なでね」

「怖い？」

――鏡の中から出るのが怖かったんだ。

英の、切れ切れの言葉の中にそんなものを聞いた気がする。

「そう。あの店に入ってから木ノ下くん、引きこもりでね」

あんなスタジオで働いててここが怖いってわけじゃないはずなんだけどなあ。ウチ、嫌われてるのかなあ、と、顎髭を撫でながら英を見つめたまま店長は言った。

「それがさ、急にOKもらったと思ったら、ああだったから」

「……すみません」

どうして自分が謝るのかはわからなかったが、自分の手を掴むために、英が店を飛び出したのは明らかだったから謝っておくしかなかった。

「言っちゃ悪いけど、木ノ下くんは、リンツさんで収まる腕じゃないと思うんだけどなあ」

「上手いんですか？　彼」

こんな店でも通用するほど。

視線の端で店内をあちこち窺《うかが》いながらそう問うと、店長は《知り合い》という言葉に納得したように、軽く目を丸くしたあと「技術もセンスもケタ違い」と言って少し得意げな笑いを浮かべた。

「元《la lune《ラ リュンヌ》》の超新星。あの年で、VANKS《バンクス》持ってんだよ？」

「？」

「《la lune《ラ リュンヌ》》っていうのはフランスに本店がある、コレクションを担当するような大きなサロンでね。VANKSはカットコンテスト。ショーとかもある」

「ガラじゃない……」

演歌やテレビドラマに詳しく、喧嘩上等、口べたで、考えていることがさっぱりわからないあの男が、そんな華やかで社交的な世界で活躍している姿は——こうして目の当たりにでもしなければ到底信じられない。

「ホントにね、あの無愛想、どうにかならんかね」

と、店長は笑っている。

「でもご機嫌取りをする必要がないくらい、気むずかし屋のモデルたちの絶大な信用はあったよ。彼らは今も英を探しているし、僕らが憧れる場所から、誘いがかかり続けてるくらい上手いのに」

あんな、町の小さな美容室に勤めてるなんて僕も言いにくくてね。店長がそんな嘆息をすると同時だ。

英が軽く、シザーケースにシザーを収める。

「……ああ、さすがだ」

嘆息の声を漏らして店長は立ち上がった。

カットが終わったのだろう。まわりで息を詰めていた人々が、一斉に吐息のような声でさざめいた。ワックスで仕上げを行っているカットモデルらしい女性をあちこちから眺めて、他の人間と言葉を交わしては、英に質問を投げている。

英はそれに短く答えている。リンツでの彼と同じだ。

彼らは、英の仕事をもう一度笑顔と拍手で讃《たた》えた。パネルを脇に抱えてまで拍手を送る人がいる。

英は、モデルのクロスを外し彼らに頭を下げた。終わりのようだ。

輝かしい場所で、英に似合う人々に取り囲まれる英は、違う言葉を話す人のように思えた。

だが、英は会話を求める彼らを分けるようにして。

「お待たせ、環さん」

と、こちらに真っ直ぐ歩いてくる。

そして、握手を求める店長の手をおざなりに握るなり。

「食事、断っていいですか」

自分を見たまま言う英に、店長は苦笑いだ。

「ご友人も一緒でいいけど？　木ノ下くん」

「いえ、大事な話があるんで」

店長が一瞬、笑いをこらえるのがわかった。ここでも本当に英は口数が極端に少ないらしい。

「そうみたいだね」

拳《こぶし》をヒゲの口元に当て、店長は笑いながら簡単にそれを了承した。

——とりあえず店は出たほうが良いよ。

英に次回の食事の約束をさせ、店長は英と自分に囁いた。

英に質問を浴びせかけたいスタッフに捕まれば、食事どころか明け方まで連れ回されそうだと肩をすくめてみせた。

引き止められる隙がないよう、入り口で英は一言言い残すように礼を言って店を出た。自分はそれに同行するしか道はない。

「英」

車道から埃《ほこり》にまみれた雨のにおいがする。

小粒の雨がぱらぱらと、分厚い夏雲から落ちている。

「手を離して、英」

手首を摑まれたまま遊歩道を歩いていた。

もうここまで来れば誰も追いかけては来ないし、英がどこにゆくつもりなのかもわからない。このあと約束もあるし、どこかで髪も切らなければならない。

どう見てもこのあとの食事は、英が主役だったのだろう。戻ればいいのに、と訴えたが一《いち》瞥《べつ》されただけで終わった。

英は、自分より半歩先を歩きながら、振り返りもせず。

「髪、伸ばしてるの？」

「……そういうわけじゃ……」

「金がないなら、俺に言えばいいのに。切りに行くのに」

自分の髪を切ってくれる英の代わりを探していたと言えない自分に、英はそんな無茶《むちゃ》を言った。

「あのね、英」

お前こそどういうつもりだと訊きたかった。あんなことがあって、本気でそんなことが自分に言えると思っているのか。さっきもあんなことをして。

だが英は、軽く地面を睨み、焦《じ》れた子どものような表情で。

「なんで急に怒ったんですか？　アンタ、他の人にはぜったい怒んないくせに」

急に問われて環は戸惑う。さっきのことだろうか。あるいは、あの夜。

「俺のこと、嫌いですか」

本当に環が怒った理由に気がついていないのだろうか。

「……っ」

どういう意味で。

問い詰めたい声が喉に詰まる。

訊けば戻れない。失った今になってもーーーーうまく逃げ切ったはずの自分を汚したくない、ずるい気持ちが声を押し込んだ。

言えるものなら言いたいと嘯《うそぶ》きながら、いざ機会を得ると《自分は違う》と言いたくなる。

答えない自分に、英は一瞬強く顔を歪めた。泣き出しそうな横顔だった。そして。

「ちゃんと、わかってる。そういうの、ダメだって。でも、ああいうの、酷《ひど》いです。断り方にだって、色々あるでしょう」

早口で、ぼそぼそと短い英の言葉はひどくわかりにくくて、でも問い返し方に困る。

「全部。アンタの責任、全部、取らせてほしい、って言ったのに、ふざけてなんかない。お前が嫌いだって、言えばいいのに、どうして」

——ふざけんなっ！

思い当たる言葉はそれしかなかった。でもそれは。

裏切られたような表情で英は言った。

「つきあってほしい、って」

「そんなの聞いてない！」

「言ってないけど、あんなことしたし」

「ちょ……！」

「俺のせいで、怪我して、傷物になったから、もう、俺が全部、責任取っていいんだって。キスしたし、いいのかな、って、嬉しかった。あんなことがあって、そうなったなら、ラッキーと思ったから、そういうの、最低だからアンタ、俺を殴ればいいけど。ふざけてなんかない。アンタの手が、もしもダメになっても、一生俺が、稼ぐつもりだった。環さん」

「……」

脱力と呆然《ぼうぜん》で引きずられるまま歩道に崩れそうになる自分に構わず、脳からそのまま零すような、ぶつ切りの英の言葉は続く。もう日本語というにも怪しい。

「ちゃんと、責任あるから、って言ったのに。全部くださいって」

「英」

「そういうのもダメですか。良いとか悪いとかじゃなくて、全然話も聞いてくれない」

「いや、ふざけんなってのはそういう意味じゃなくて……！」

「いきなりあんなことしたの、自分でもヤバイと思ったけど、環さんをどうにかしたくて、止まんなくて、アンタに追い出されるし、男同士なのに気持ち悪いって思われたと思ったけど、そういうの当然だって、わかるし、でも、だったら謝りたくて、でも、環さん、店に来ないし、その、すみません、好きです、って、言いたくて、シャンプーしながら疚《やま》しいこと考えてました、って。俺、ホントはドライカットタイプなんです。でも、アンタをシャンプーするのが好きで、うなじとか、唇も、触ってみたくて」

「わかんない」

「乾かした状態で、カットすること」

どうやらドライカットについての用語解説をしてくれるが、それでもない。

訊こうとして、大きく息を吸って、吐き出す言葉が見あたらずに、

「――……」

苦笑いのため息が頭を抱えさせた。

「……口べただね」

ようやく英の足がゆるむのに、ゆるやかに立ち止まってそう言うと、英が振り返った。

口べたというレベルではない。無表情の愛想無しの説明下手。三重苦だ。

「割とそう言われる」

「……割と……？」

英に口が上手いと言う人間がこれまでに一人でもいたなら見てみたいと、環は心底思った。

それでも、ふざけてはいなかったのだと――信じがたいことに、英は自分を好きでいてくれたのだと。

英は叱られた子どものように、自分の手を摑んだまま、俯いた。

「すごい……苦しかったよ。毎日毎日。あんなに、言ったのに、俺なんかじゃダメなんだって、だから、頑張ろうかなって、あの店に」

「よくわかんないけど……、わかったよ」

英は自分をからかったわけでもなく、自分の性癖や恋愛感情につけ込んだわけではない。

そう答えると。

「！」

急に掠めるようなキスが唇にあって、環は息を呑んで踵を引いた。

驚いて、腑《ふ》に落ちて――……愛しくなる。

「……」

手の甲で自分の唇に触れながら、環は少し恨めしく訴えた。

「何も言わずにキスするからだと思う」

多分、これが英なのだ。言葉より先に、気持ちと表現が出る。この間も多分そうだ。

雰囲気がないよりいいけれど、唐突にも程がある。

そんな自分の苦情に、困った顔をした英は。

「――愛してます」

「うわあ……」

言わせてみれば唐突でどっちもどっちだ。思わず顔が引き攣《つ》った。

英はそれを見て、まだ気にくわないのかと言いたげな悲しそうな顔をして、さらさらと動くグリーンに染めた髪を広げながら俯いた。

「よかったら切りに来ませんか。俺も、環さんの店に飯、食べに行くから」

一生懸命喋る英はどこか微笑ましく、かわいらしかった。本当に口べただ。

「環さんに、触りたかった。美容師でよかったと、ホントに思った」

「……歩こう」

さっきから何度も、行き交う人の視線にぶつかって、環は英を促した。英は素直に歩き出したが手は繋がれたままだ。

「環さんを好きな気持ち、もう、何か出てるかもと思った。気づいた？」

問われて首を振った。言われてみれば思い当たる節はあるが、自分の気持ちを隠すのが精一杯で、不審な電波やにおいが出ているとするなら自分以外にありえないと思っていたから、英のそれにはまったく気づかなかった。

「環さん、誰にでも愛想よくて、とられると思った。店長、アンタをすごく褒めるし、エリさんも、アンタみたいな彼氏が欲しいとか言うし。早く会いたくて、わざと長めに切ったり」

「そう言えば、一ヶ月保《も》たないときもあったね……」

スッポンやアンコウの成果だと思っていた。

「アンタが帰ったあと、髪の毛拾ったり」

「ええ!?」

「ビニールに入れて持って帰ってた」

あの、あれ。と、英は言った。自分の包帯を防水した英の鞄から出てきたビニール袋だ。

少し気まずそうな顔を背けながら、英は握った手を軽く口元にあてる。

「美容師でよかったって思った」

「職権濫用って言うか……」

自分以上にストーカー的だという言葉は、打ち明ける英の勇気に免じて呑み込んでおいた。

「帰り道だから、時々遊びに来ればいいのに、顔見せにも来ないし、理由があったら来るのかな、と思って、傘、預けたのに、今度は返しに来ない」

「あ、あれは、返しに行ったのにまた渡されて、俺に貸したのを忘れたのかと——……」

言い返しかけて、途中で力が尽きる。

英の誕生日の日。

——また来て。

突き返された傘は、もう一度傘を持って訪ねて来てという、英の誘いだったのだと言われても。

「わかりにくすぎるよ……！」

呆れと安堵と脱力が後頭部を押さえつける。

英に恋するめでたい思考を以《もっ》てしても、そこまで想像するのは不可能だった。

おかしな沈黙に、灰色の雨の雫《しずく》が割り込む。英と繋いだ手の上にも。

「俺と、来てください、環さん。じゃなかったら、今ここで、俺が嫌いって言って、殴って」

「馬鹿。できるわけない」

今まで必死で抱えてきた悲しさが、毛先の重さごとすべて、いとおしさに変わってゆくのに、そんなこと、できるはずがない。

黒い雲がスライドして、急速に空に広がっていく。

雲の向こうから遠雷が聞こえる。

追い立てるように、急な大粒の雨が埃を上げて歩道を叩いた。

高い声を上げて女子高生がすぐそばを走りぬけてゆく。

どこへゆくつもりなのか、英は自分の手を摑んだままだ。

このまま英と歩いて、例えばどこに行っても、英と何を話すのだろう。

英を好きになって、英との幸せを想像して、想いが叶《かな》おうとする今になって、英が急に遠く、そして自分を攫《さら》い出す怖ろしいものに感じられてしかたがない。

無責任な誘惑が胸の底に生まれた。

自分のことを、英にはまだ何も話していない。

人事《ひとごと》のように幸せな英の言葉を抱いて、今ここで、英に何も打ち明けないまま逃げてしまえば、一生自分はそれだけで生きてゆけるのではないか。

それが自分の一生だったはずだ。

普通の群れの中で、当たり障りなく笑って、いい男は癒しで、眺めて愛《め》でて、社会関係の範囲で親しく、少し後ろめたい思いでそれを寂しさの糧にしながら、鏡の外から鏡の中に投げ込んだ、普通の自分を眺めながら生きる。

思いがけず、英の想いというとんでもない贅沢《ぜいたく》な食べものを拾って、それを抱いて逃げ出せたら――一生自分は、鏡の外で幸せに過ごせる。

「手を離して、英。このあと、約束があるんだ」

「キャンセルして……？」

「そうだね」

宥めるように、環は笑い返した。

炙られるような焦りが背筋をじわじわと這《は》い上がってくる。

逃げなければ。

英から。そして、同じ幸せをくれそうな新倉からも。

今、新倉には会えない。英と二度と会わない決心をして、このあと新倉に会ったとしても、新倉のくれる甘えに飛びついて崩れるだけだ。そんなの幸せでも恋愛でも誠実でもない。

「連絡しなきゃ。手を離して」

謝って、そしてもう会えないと伝えて、そして。

「……」

不安な目をした英は、それでも静かに指をほどいた。

じん、と指先が軽く痺《しび》れる。手を伸ばしても指先しか掠らない距離を空けて携帯電話を取り出し、開くが。

「――あ……」

ディスプレイは黒いままだ。電源ボタンを押しても反応がない。充電が切れている。髪を切ったら新しい携帯を買いに行くはずだった。

見回すと少し離れた場所に電話ボックスがある。新倉の名刺は財布の中だ。

「ごめん、携帯のバッテリーが切れた。あっちから掛けていい？」

そう言うと、英の携帯電話を差し出されたが首を振った。

そこまで歩く短い間に、雨が強くなる。重みを感じる大きな水滴だ。

英のアーミーグリーンのTシャツに、歪《いびつ》な水玉が重なってゆく。

「雨、ひどくなってきた。英は、そこで待ってて」

ビルのテナントの短い軒下に英を残してボックスに入る。逃げ込むように入った途端、激しくなった雨が、屋根で大きな音を立てた。

逃げたい、と思う。

こんなことは初めてだ。いつでもどこでもうまく紛れて渡れると思っていたから、こんなに逃げ場なく、裸で晒《さら》されるような気持ちになったことがない。

磯月を辞めて、英から――この恋から逃げたい。もう一度鏡の外へ、誰からも見えないところへ。

　飛び出すタイミングを窺いながら、灰色の電話機に硬貨を入れて名刺の裏のナンバーを押した。仕事中だと思う。メッセージを残して、あとできちんと謝ろう。そう思ったが。

『……はい？』

　警戒した声が、コールに答えた。

「あの、すみません、環です。新倉さん、ですよね」

『え。ああ、環くんか。どうしたの？　公衆電話？』

「はい。携帯の電池が切れてしまって」

　と答えると、ああ、と、新倉は笑った。

「今、いいですか」

『いいよ？』

「今日の約束――……」

　と言いかけてボックスの外に視線を流すと、英がこちらに歩いてくるところだった。それに困った顔を向けて、目を伏せてから。

「今日の約束、急用ができて、行けなくなりました」

『そう。残念だな。事情を訊いていい？』

　彼との約束より優先させるべき理由。

英は、ボックスの向こうに立っていて、激しさを増す雨に濡れている。

「街で……知り合いに、会ってしまって……」

『立ち話じゃ終わりそうにない？』

濡れるからあっちへゆけと、元いた場所を視線で指し、首を振った。

新倉との会話を聞かれたくない。そんなに近くに来られては逃げ出せない。

「はい」

『そうか。仕方がないな……』

ため息の新倉に、すみません、と答えながら、向こうに行ってくれと、雨に濡れる英にもう一度首を振る。

英は、濡れて黒さを増す髪の下で軽く目を伏せたまま、自分を待っている。

『じゃあ、来週、同じ条件でどうだろう？』

「いえ」

『あの映画、好みじゃない？』

「いえ、そうじゃないです」

楽しみにしていた。さっきまで。

狭い電話ボックスのガラスに雨粒が当たって、透明のラインを真下に伸ばしはじめる。

それはすぐに、当たる瞬間だけを微《かす》かに見せて、薄い透明の膜になる。

そんな隔てられた世界の中で、うまく生きられると思っていたのだ。外に出なければ、あるいは欲を出しすぎて鏡の中に落ち込まなければ、ずっと自分は器用に、誰にも知られず、迷惑をかけずに。

鏡の外で息を殺す自分を見つけ出して、手を摑もうとする人がいるとは思わなかった。

「本当に、……すみません」

捩《よじ》れたコードが伸びる重い受話器を握りしめ、嫌な汗に身体《からだ》を湿らせながら、環は目を伏せる。

鏡の影から出る勇気がない。誰にも打ち明けるのが怖かった。でもそれでもいいのだと許されそうな今になって、そんなものが怖いのではないことに気づいた。

カテゴリじゃない。鏡像という目くらましに隔てられた自分の中に、他人を入れるのが怖い。

「新倉さんのせいじゃないです。あとで掛けなおします」

新倉は仕事中だ。本当はこの電話もよくないと思ったが、物理的な迷惑をかけないのが先だ。

弁解と謝罪をしたくとも、今は胸の中が怖れと混乱でぐちゃぐちゃで、本心すらうまく伝わるように見せることができない。

『いいよ。ブースだから』

責められているのか許されているのかわからない新倉の声に問われて息を詰める。その目の前で。

雨にTシャツの色をまだらに染め変えられた英が、ボックスのガラスに一本だけ伸ばした人差し指で触れた。

「あ……はい。でも……」

長い指。指先がゆっくりと動く。

《出》《て》《き》《て》

裏返しの文字がそう読めるのに、環は首を振った。

そんなところに立たれていては逃げることもできない。

『お店からのNGだったら、うまく行くよう、考えるから』

「そうじゃないです。俺の問題で」

苦しい自分の目の前で、英の指が再びガラスを滑る。

《好》《き》《で》《す》

「……!」

気まずそうな英の、不器用で、無口以前の問題の、強烈な告白だ。

答えを欲しがるように、英がそっと手のひらでガラスに触れてくる。

熱くなる頬に目を伏せながら、受け入れられないと首を振った。そんな自分じゃない。それでも手を伸ばしてしまったのは。

英の、前髪から落ちる、雨の雫を見てしまったから。

「俺の気持ちが――……」

それでも、できない、と、ガラス越しに手を合わせたまま首を振った。

これで十分だったはずだ。

ガラスは冷たく、こうして自分と英を透明に隔てていて、自分には向こうに行く勇気もなく、今まで正しいと思っていた足場さえ、崩れてしまった。

孤独という波立たない鏡の影から、出るのが怖い。

鏡の中のいい男。そんなものだったはずの英に触れることなどできないと、思うとき。

環は息を止めて、それを見ていた。

『環くん?』

「――……」

《背》　《中》　《を》、《だ》《き》《た》　《い》。

透明の膜越しに触れた気になるのではなく。

ぬくもりを確かめ合って、絡まりたいと。

「すみません、新倉さん」

新倉を傷つけないうまい言葉が見つからない。

崩れるように環は涙とともに声を絞り出した。

「――すみません、好きな人が、……できたんです」


エレベータを待つ間に、小さな大理石のホールをびしょ濡れにした。

それでも飽き足りないように、英がドアの鍵《かぎ》を開ける間に、足下に二人分の大きな水たまりを作る。

「英、雨男だよね」

英と二人で頭からつま先までずぶ濡れになるのは二度目だと思ったが、英がいる景色を思い返せばことごとく雨で、環自身の記憶には、磯月の花見や、友人と海やリンゴ狩りのときも雨に降られた覚えはないから、自分はそうではないと思う。

「割と言われる」

「……そう……。割と……」

だらだらと、雫のしたたる前髪を指で搔き上げながら環は虚《うつ》ろに呟いた。

気遣いの挙げ句の評価がそれだ。間違いなく雨男なのだろう。

英がどこへ自分を連れてゆこうとしたのか。

辿り着いてみると、英のアパートだった。あの大きなサロンからほど近い。

こんなところからリンツに通っていたのかと訊くと、初めはこの辺に就職するつもりだった、と言ったが、そのあと引っ越しなおさないところが英らしかった。

いかにもデザイナーズっぽい造りの建物だ。

夕立に閉じ込められた部屋は薄暗く、夏の熱気をみっしりと溜め込んでいる。

左手にキッチン。右手の部屋のベッドの奥にはCDが並んだ棚がある。

その足下の一コーナーにウィッグをかぶった白い人形の頭が三つ並んでいる。美容室にある道具の詰まったワゴン。巻きかけのロッド。練習をするところらしい。

「どうぞ。上がって」

「うん、ありがとう。でも、ここってさ」

あの雨の夜の、自分のアパートでと同じように、ずぶ濡れの靴の中に丸めた靴下を脱いで玄関マットの上に上がりながら、外を歩く間に思ったことを環は尋ねた。

「あの電車に乗る必要ってある？」

方角的にはおよそ間違っていないが、大回りをするいつもの地下鉄よりも、アーケードを抜けて道路の向こうにある電車を使ったほうが早いしずっと安いはずだ。

「環さん、初めて見たのが、あの駅だったから。リンツの、面接来て、駅間違えて」

「そうなんだ」

「ずっと、俺の前、歩いてて。あの髪に触りたいって、思って。そしたら、お客さんで。……俺、来たばっかなのに、先輩のお客さん、取った」

「そ……そうだったんだ」

後ろから、英につけられたことがあるだなんて知らなかった。自分がリンツに通い始めたのは、就職して暫《しばら》くもしないうちだから、英よりほんの少し前に自分は磯月に就職したということか。そう言えば、先輩の紹介なのに先輩と担当が違うことを不思議に思ったが、英がそんなわがままを通していたとは思わなかった。

「髪、触《さわ》れて、嬉しくて、鏡、見るのが楽しかった。そしたら」

直球を遠慮無く投げてくる英が軽く言いよどんだ。

「アンタ、笑うしか、しないから」

「え……？」

「美容師、そういうの、結構よく見えるよ。鏡の中……。多分、泣きたいんだろうな、って思う日も、アンタ、笑うしかしない」

見透かすようなことを言われて英を見た。英は少し困ったような表情で、思い出すように目を伏せ、少し眉《まゆ》を寄せて。

「どうして泣かないのかな、って思って、泣けばいいのに、って思って。泣いてるとこ見たいって、思ってたら、好きになってた」

そんな日もあったはずだ。笑顔を浮かべていればどうにかやり過ごせると思っていたこともあったし、英を眺めて、英に触れられる切なさを、隠しきれない日もあったかもしれない。

「何でも知ってるね」

苦笑いになった。英は自分の気持ちなど、とうに気づいていたのかもしれない。自分より、自分のことを知っているかも、と嬉しくなる自分の前で、英は信じがたいことをぽろぽろと零した。

「うん……。六月三日生まれ、ふたご座。血液型Aで。住所も知ってる。ホントは、あの部屋の前まで、何回か行ったことがあるんだ。カットの記録も、全部知ってる。前回は六月十一日、その前は五月十九日、その前は……」

「ええ!?」

「暗記するくらい見た。カルテ。カルテ用の写真も携帯に持ってる。アンタの携帯番号も空《ソラ》で押せる」

「もしかして……」

「かかった? ごめん。発信ボタン、間違えて押した日も、あったかも」

「……」

ワン切りの着信は……英だったのだろう。

驚きすぎて少し呆れた。ストーカー寸前だ。というか、ほぼそのものだ。自分よりかなり上手《うわて》だ。そのくせ。

「好きです。環さん」

ごめんなさい。と、英は言った。

肝心なことに気づかない馬鹿だ。そして嘘じゃないとわかるから。

「なんで、か、訊いていい？」

この間、取り違えられて、あんなことになった問いを、もう一度環は重ねた。

好きでいてくれるのはわかった。

自分がゲイだと英は知っていたのだろうか。あるいは、百歩譲って英もゲイだとしても、それを受け入れられると思うような仕草を視線を、自分はしていたのだろうか。

「俺、女の子に見える？」

「俺、女も好きです」

「……」

答え的には正しいが、内容は最悪だ。ぽろりと答えてそれに気づいた英が、

「あ！　いや、そうじゃなくて！」

と、ガラにもなく慌てた顔をするから。

環は弱い微笑みで英を見た。

「……女の子も好きだけど、俺がいいと思った？」

プライドとか、気遣いとか、難しいものは一旦横に置いておこうと思った。

うまい言葉より、慰めより、英の不器用な言葉のほうが、鏡越しにその裏を怯《おび》えながら探る自分には真っ直ぐな音で聞こえてくる。

「そう」

不安な顔の英はそう答えた。「全部の人よりアンタがよかった」と言われて、うかつにも泣きそうになってしまった。

笑ってみた。泣きたかったけれど、こらえるのではなくて、不安そうな英に笑い返したかった。

喉の奥が少し震えた。でも静かな気持ちで、隠し続けた心を取りだし、少し恥ずかしがりながら英の前に正直に差し出した。

「俺も、ずっと英が好きでした」

「……！」

無言の英が驚くのがわかって、噴き出しそうになる。

隠したがっているものを簡単に暴くくせに、こんなみっともないくらいダダ漏れの、自分の気持ちに気づいていない。

「……。……。――――……」

何か言いたそうに唇を動かした英は、一瞬苦しげな顔をして、

「英！」

壁に押しつけるように自分を抱きしめた。

「う……！」

自分の部屋でしたキスよりもずっと、凶暴に深く合わせられて目を閉じる。あのときは我慢していたのだと思うと胸の奥が熱くなった。

濡れたTシャツ越しの、英の体温。押し合わされる胸に激しい鼓動がある。脚に割り込まれる膝《ひざ》。

言葉を探すように、自分の口腔《こうこう》をまさぐられ、声を吸い出されそうになる。少し怒ったような表情で自分を欲しがる英の腿《もも》が自分の内腿に擦《こす》れて戦《おのの》く。

伸びた髪をゆるく摑まれ、膝が崩れそうな深いキスを重ねられて、濡れたシャツにしがみつく。

素直に熱くなる脚の間。びしょ濡れの髪の雫を退《よ》けながら、雨で冷えた英の頬に触れ、ぎこちなく、自分からキスを。

ジーンズの裾《すそ》から雫が落ちて、足下に溜まる。それを踏みながら、

「今度は、殴んないで」

懇願のような声を英は出した。

「アンタが相手なのに、理由なんて、うまく説明できない」

よほどあの追い出されかたがショックだったようだ。説明を投げ出した英に、もういらない、と笑おうとした唇をまた、キスで塞がれた。

「ふ」

雨で冷えた身体の芯に熱が生まれる。肌に張り付く英のシャツをたくし上げて腰を撫でると、ぶるっと震えた。冷たいシャツの下は熱いくらいに乾いている。

ジーンズの上から少しずつ苦しくなる腰を擦りつけ合って、キスをする。

「！」

力が溶けかけたところを急に英が手を引っ張るから大きくよろけた。引き込まれるのはベッドのある部屋だ。踏んだ場所に、ワックスに弾かれた水玉を残しながら、大きく数歩。

「英、濡れる……！」

二人ともずぶ濡れだ。顔を拭《ぬぐ》う気にもなれないような、壊れたような夕立だった。

ベッドに引っ張り込まれそうになって、下腹から持ち上げられた濡れたTシャツを慌てて脱いだ。

ベッドの前で踏みとどまって、転がり込みそうな勢いを右膝でベッドに支えた。

目の前でシャツを脱ぐ英が、自分の手首からそれを引き取って一緒に落とすと、潰れるように低く床に落ちる。

「脱いで」

と、ジーンズのウエストのボタンに触れられて戸惑うが、このままでは英のベッドを濡らしてしまう。

雨で硬くなったボタンを外して、嫌がるように軋むジッパーを下ろす。

「……」

英の視線に晒されながら、脚に張り付いたトランクスとジーンズをどうにか引き剝《は》がそうとする自分の腰を。

「わ！」

急に掬《すく》い倒されて環は声を上げた。英の姿を探す前にキスが重ねられて、肌を晒される羞《しゅう》恥《ち》を感じる暇がない。

背中に乾いたベッドの感触。英の手が尾てい骨の上でジーンズを摑んでいる。《倒します》と、囁かれないのが不思議なくらい慣れた手つきだ。でもいつもより随分乱暴だ。

余裕のないその熱さがよかった。追い詰められた乾きが、英の呼吸から眉根を寄せた表情から、哀れに伝わってくる。

「……寝るの？」

不安になって喘ぐように英に訊いた。

「さあ。肌を重ねたい」

本当にそれを欲している真っ直ぐな言葉が落ちる。

「いとおしがりたい」

言葉より、身体を撫でる手のひらが強くそう訴えかけてくるのに、自分もそれを望んでいるのだと思う。

「口が上手くないんだ」

「知ってるよ」

心に言葉が追いつかなくて、手とキスが先に出る。指先は怖ろしく器用なくせに、本当に——心配で、ぎゅっと抱きしめたくなるくらい不器用だ。

軋んで張り付くジーンズをみっともなく必死になって剝ごうとした。腿のあたりで引っかかって、英の手を借りて脱ぎ落とす。

本当に何も着ていない身体を見られるのは気まずかったが、肩をすくめるのを勘違いした英が、寒い？　と言って、薄い毛布を引き上げてくれた。

頼りなくそれに包まる皮膚との間に英が割り込んでくる。

硬く焼けた英の身体。素肌で触れる英の肌に、思わず、熱い、と呟いた。英も何も着ていなくて、とっくに硬く重みを増した脚の間を押しつけるように合わせてきて漏らす声が吐息の音になった。

雨に冷えた皮膚の奥に、硬くゆるがない熱がある。

「環さん……」

囁きに睫毛《まつげ》を伏せてキスを受け取った。

脅かさないように優しく始まったキスは、重ねるごとに深く、舌の付け根が擦れるたび、互いの欲情を脈打たせて大きくする。

伸びすぎた、まだ濡れたままの髪に英の長い指を差し込まれ、頬をつつむ手に導かれて噛みあうようなキスを。

かちん、と歯が硬い音を立てるのに、痛くなかった？　と、見つめてくる視線は、その唇よりよっぽど物言いたげだ。黒く潤んだ英の瞳《ひとみ》。そのすぐ側《そば》の。

「ホクロ……」

環は英の、キスで濡れた口元から、目元を指で探るように撫でながら、小さな泣きボクロに触れた。こっちだっただろうか、そう思って。

「そっか……、左右逆なんだ」

鏡越しの英ばかり見てきたから、すべてを逆さまに捉えていた。

姿も、情熱も、言葉も、態度も。

指先の器用さも、喉で濾過《ろか》しない感情の不器用さも。

それに英は、違うよ、と囁き。

「前後が逆なんだよ、環さん」

「？」

と、不思議な顔をして、英に説明を求める失敗を環は後悔した。簡単な自分の感情すらうまく伝えられないのに、ややこしいことを訊かれたらきっと困る。だが、英はすぐに。

「こういう感じ」

曖昧に繋いでいた手をほどき、手のひらを合わせてきた。

手のひらが合わさる場所がゼロ。手のひらから手首に向かって進む存在がプラスマイナスで均等だ。

鏡の中でそれぞれの方向に進むはずの鏡像。けっして重なり合わない孤独。

電話ボックスと同じ、隔てられた寂しさの論理だ。

「俺は、いつも、これを越えたかった」

と、英は息を短くしたまま呟いて、合わせた手を軽く開いて、指を割り込ませてきた。

「うん」

長い英の指と付け根まで組み合って深く握る。

絡まりたい。交差して縺《もつ》れ合いたい。

透明の壁を越えて。

肌に触れて――――背中を抱きたい。

「……っ……」

深く交わす腕。抱きしめるほど、抱き返される。

絡めるように押しつけ合う首筋から英の欲情が伝わってくる。重ねるだけで、鼓動がこんなに響くことも、吐息が溶け合うことも知らなかった。

擦れる体温に喘いだ。英の重みに安らぐ。英の皮膚が重なる場所にさざ波が立つ。

一人ではできない。英としかしたくないこんな熱を生み出す行為があるなんて知らなかった。

「う……」

英に守るように抱かれ、濡れた髪をゆるく掻き回されながらキスをする。

「伸びたね」

「うん」

「とりあえず髪切りに来て」

俺が作ったスタイルが台無し、という英に、あとでゆっくり、そうなった原因を言い聞かせなければならない。だけど今はそれすらいとおしいから。

「どうせ切る髪だから、ぐしゃぐしゃにして」

腕に抱かれ触れられて、掻き回されて混じり合いたい。そして。

「夜が明けたら」

雨が上がって、明るくなったら。

愛されて、この人と縺れるくらい絡みあったら。

「男前にしてよ」

口べたな英に、もう一度好きだと伝えよう。


「あ……！」

無理だとは、ぜったいに言わないと環は決めた。

女性と関係が持てそうにないのに、すすんで男性ともつきあえない。そんな自分には当然経験はなく、他人と触れた記憶と言えば、中学生のときに一つ上の女子にほとんど襲われるようにキスされたのと、同級生から客まで、数人の酔っぱらいにキスをされたり尻を撫でられただけだ。戦歴にもなりはしない。

そんな自分には、全部が無理だ。知らないことばかりで余裕などどこにもない。だから、どうせ無理なら、英がくれる全部を拒むまいと思った。

英の手は人を愛し慣れていて、自分の形を辿ることを簡単にこなした。凹《へこ》んだ腹を、静電気のような火花を散らしながら内腿を撫で、腰のカーブを。頬を、耳の形を、うなじも、食い込ませるようにして肩胛骨《けんこうこつ》を。そして、外殻を覚えたとばかりに、中を。

「ん……！」

英の指がひやりとした感触を足してまた、深く身体の中に入ってくる。美容師の仕事に欠かせないワセリンだ。指の手入れにも使うと言っていたそれを、尾てい骨の奥に塗り込められる。

先に入れられたものはとっくに体温で溶けて、英の指先をぬるぬると深く咥《くわ》えて出入りしている。

優しく丹念に撫で広げられて、縋《すが》るような音が立つ。こんな場所に、英を。

「え、い」

初めてだと打ち明けた自分に、英は《俺だって男は初めてです》と、言い訳っぽい声音で言った。

——寝たいと思ったのは、環さんだけです。

と、本当に頼りなく言うから、自分は正真正銘の処女童貞だと言えなくなってしまった。

「環さん」

呼べば何度でも答えてキスをしてくれる。

違和感と不安。知らない感触におぼえる期待が同じ場所にある。

苦しいけれど、少しずつ、小さな音を立てる粘膜を英のために開く。

英は我慢強く指で慣らしてくれた。疼《うず》くくらい硬く猛《たけ》った前を優しく擦りながら、少しずつ、指を足し、奥まで。

「……っ……！」

切なくなるくらい硬い、英の肉の先が脚の付け根に塗りつけられる。雫が乗せられたそこは小さく水を練る音を立てて自分を欲しがっていた。かわいそうなくらいの我慢が英の中に詰まっているのがわかる。自分だって。

「もう、いい。英」

「もう少し」

行為そのものに慣れるまでは多少は痛いのだと聞いている。つまるところは怪我なのだろうと腹を括《くく》ろうとしたが。

「あ！」

返事のように中でぐっと広げられた二本の指に、自分の身体の狭さを知らされた。

「まだ、痛いでしょ？」

「ん……！。でも。いい」

キスで言い聞かせられるのに首を振ると、もう一本指が足される。軋むくらいきつくて息が止まった。でも。

「いいって」

「だめ」

英は抜き差ししていたそれを一度抜いて、自分に握らせた。

「っ……！」

ハサミに通す、あの長い指だ。

どろどろに濡れた指。手のひらを濡らす、湿った柔らかさがひどくいやらしくて英から目を逸らした。

「今、こんなだよ？　いけるの？」

無理だろ？　と首筋に口づけながら訊く英が、束ねて握った指を、その中で抜き差ししてみせる。

粘った音がする。指を抜き取られた空の粘膜がひくついているのがわかる。手のひらを撫でるように擦る指の動きがいやらしすぎて、自分の粘膜がどれほど柔らかくなっているか、感触で伝えられて頭に血がのぼる。

再び咥えさせられた指は、初めほどの抵抗はない。息を吐いた瞬間、ぬっと一息に奥まで押し入ってくるそれに、意識をすり抜けるような甘い声が出た。

「え……！」

指に綻《ほころ》ばされた体内を撫でられたとき、カプセルが潰れたように何かそこから漏れた。

「っ……！　待っ……!?」

本当に破れてしまったように、一度擦れたらもうあとはずっとだ。小さな粒が身体の中にある。指の腹で押し込まれるように優しく擦られるたび、熱湯が少しずつ漏れるようだ。声が止まらない。

「英……っ……。そこ、は、嫌……」

他人の手に快楽を与えられることをしたことがない。他人の前で快楽を得たこともない。こらえかたがわからなくて、英の肩に汗ばみはじめた額を擦りつけた。

「もう少し」

「う、あ……！」

英がわざとゆっくりと指を抜こうとする。それに絡まり、吸いつく音で引き止めるのは蕩《とろ》けた自分の粘膜だ。

引きずられそうな知らない感覚に翻弄《ほんろう》される。胸を反らして震えるしかない。

「あ！」

ちゅ。と、音を立てて胸の尖りを吸われ、声が跳ねた。

「や。……いや、だ、そこ……！」

興奮で敏感さを増した胸の先端はまだ、あの夜の布越しの刺激を覚えていて、英の唇が与える熱を懐かしんで震え、もどかしい布が取り払われて、直接英の滑らかな舌に舐められ、弾けそうなくらい尖っている。

「つぁ……、いや、だ……！」

肌を直接吸う音がする。舌先で丸く抉《えぐ》られ、先端に歯を立てられると、恥ずかしいくらい腰が跳ねた。

「ここ、好きだね、環さん」

「馬鹿、やめろって……！」

胸の色づいた部分をしつこく苛《いじ》められれば、後ろの苦しさに軽く縮こまっていた英の手の中が苦しくなる。

「やめていいの？」

「……っ……う」

きれいな前歯に、粒を挟んだまま囁かれて、ぞくぞくしながら頷く。

「わかった」と軽く引っ張られたまま先端を舐められたら急に溢《あふ》れそうになるから。

「……だめ……！」

握って、と、自分の欲情を握った英の手の上に自分のそれを重ねて爪《つめ》を立てる。

零れる、と思わず声が出そうになる。いっぱいだ。頼りない不安も泣きそうになるたまらない潤みも、全部英に握られていると思うと、理由もわからず許しを乞《こ》いたい気分になる。

「欲張り」

責める唇が、きゅっと胸元を吸う。少し痛むくらいの強さで前を握り込んでくる刺激に、環は凹んだ下腹をひくひくとさせ、泣き声のような吐息を漏らして震えた。薄い皮越しに芯を擦られるたび、英の手に蜜《みつ》が零れて粘った音をひどくする。

「英……。ホントに……！」

手加減をしてくれ、と続けたい泣き言はキスで塞がれた。

英は男は初めてだと言うが、そんなのきっと関係ない。人を触り慣れている英には多分、髪を思い通りにすることも肌をそうすることも、同じなのだろう。

人の手が与える快楽をこらえる術《すべ》などまるで知らない自分は、奔放にも思える英の愛撫《あいぶ》に溺《おぼ》れるしかない。

「もう、嫌だ、英……！」

柔らかい舌の下で、転がるくらい硬く尖る粒になっていくのがわかる。ここが弱いのだと告げ口されているようだ。

耐えきれずに弱音を上げた。

このまま出すのも、なぶられ続けるのもどちらも嫌だ。終わりたい。こんなことではなくて、早く英を確かめたい。

「気持ちよくない？」

こんなになってるのに、と、知らせるように、英の手のひらが限界まで硬い熱の塊を扱《しご》く。

「ひ、っ！」

答えは声ではなくて、かっと赤くなる内腿と、いたたまれない音を立てる英の手のひらの中のものが勝手に返した。

気持ちいい。波紋のように震え続ける鼠径《そけい》や期待に湿った茂みを英の手で撫でさすられると、熟れた疼きが腰に広がる。

「英……！」

名前を呼んで終わりを乞うしかない。恥ずかしいくらいもう、蜜まみれだ。

「英……もう、嫌だ。……嫌だ、頼むから」

少しくらい痛んでも、もう英が欲しい。英と繋がりたい。

言葉と裏腹に、早く、と、英の両肩を押すと。

「……ごめんね、環さん」

やめるの、多分無理。

切なく目を細めた英が呻いた。

「あ……！」

膝の上を摑まれ、開かれながら片脚を持ち上げられる。腰を大きな手のひらで抱えられて、身体の中のいちばん白い部分が晒される羞恥も、滲み出すような飢えを抑えられない。

雨で濡れた髪。汗で濡れた皮膚。

前髪越しに額が合わせられる。ホクロの上で目が閉じられた。

英の声は乾いて掠れているのに甘い。開きかけた小さな粘膜に、英の焼けた欲情が静かに呑み込まされる。溶けるくらいゆっくりと、身体をきつく満たしながら、英が入ってくる。

「……ん……！　ぃあ――――……！」

結んだ唇が、弾けるように割れて声が上がった。覚悟はしていたが、指などとは比べものにならない重さが身体の中に乗り込んでくる。

硬い果肉に無理やり指を押し込んで割られるようだ。

「い……っ、……ん！」

限界だと思う場所をとうに越えても、まだ開かれるばかりで、受け止めきれない身体が砂のように砕ける感触がある。

「待っ……、英……！」

勝手に溢れる涙で、英が歪む。

がくん、と崩れる腕を、もう一度英に伸ばした。溺れるような指を、英は摑んで自分の頬に導く。喘ぎすぎた喉に呼吸が張り付いて、うまく声が出ない。

「痛い……？　でも、大丈夫」

挿るよ。なんて、勝手に囁くのは卑怯だと思う。

「んう――――！」

譲らない塊に押し広げられる。苦しんでも侵略は止まらず、何度も自分に息を止めさせながら、繰り返し、身体の奥に英が重なってくる。

人と触れること。

熱くて、苦しくて、嬉しいのにどこか寂しくて、それでも欲しくて手を伸ばしてしまうこと。

開かれるほど塞がれてゆく。ひび割れる場所を埋めながら強引に混ざり合ってくる。皮膚の殻とともに割れるのはきっと、孤独という鏡だ。

「ふ……」

苦しそうな英の吐息を、髪を撫でて宥めた。

「た、……まきさ……」

濡れた英の前髪が鎖骨に押しつけられる。そっと揺すられるたび深くなる。怖くなるくらい奥まで呑み込まされて、頭の奥が白く痺れた。

「あ……！」

「環さん、……すごい、どうしよう」

奥まで重なる英が、自分を抱きしめながら、少し途方に暮れたような掠れた声で言う。

見えないくらい側で、英が味わうように目を閉じている。それすら我慢できなくなったように、反った自分の喉に唇を押し当てて、じっとしているから、ゆっくり溶け合うように合わさってくる感触だけが、恥ずかしいほど自分を冒した。

「英……。えい……――……！」

嬉しいのとも、悲しいのともつかない涙が溢れる頬に、英がキスを押しつけてくる。

人を抱くと言うこと。愛しさで縺れると言うこと。

身体の中に、英を許して、腕を差し交わし、その背を抱きしめると言うこと。

「もっと……、深く。——入ってきて」

内側を見せたいと思うこと。中から触れてほしいと蕩けてみせること。

——今だけでいい。この人だけが欲しい、と、泣きたいくらい願うこと。

ぎこちなく焼けた身体で、必死でほおばる英をそれでも欲しいとしがみつく自分の背を。

「そんな、かわいい顔で泣かないで。めちゃめちゃに、幸せにしたくなる」

英は、本当に困ったように呻いてキスをしたあと、外の嵐より激しく、彼の渦の中に巻き込んだ。


こつ。

「……」

と、サッシが硬い音を立てて、環は水面のように凪いだ闇からそっと意識を掬い出した。

虫が当たったような音だ。

この高さにも虫は来るのか、と、思う朧《おぼろ》げな意識に、肩を撫でられている手の感触が混じってくる。

夜の音が鼓膜に染みていた。遠く車の音が聞こえた。

雨音はもうない。

目が覚めた？　と、隣で英は訊いた。少し心配そうな声音だった。

湿気をクーラーに追い払われた心地のいいベッドの中、英の体温に包まれている。肌布団の中は動きたくないくらいさらさらと温かく、占領した英の枕の上で、ほとんど瞬きだけで英に頷いてみせると。

「こういうところも好き」

と、撫でる英の手のひらにあるものは、あの日の傷跡だ。自分が燃やされた印、少し煤《すす》の混じった白く光るケロイドが立体シールのように少し盛り上がって張り付いている。

「かっこわるいよ」

今さら隠す気もなく晒したものに、英は向こうについた手を支えに、肩越しに押し当てるだけのキスをして、大切そうにまた撫でた。

「宝物を拾った気分になる」

「……」

恥じて、嘆いて、隠し続けた醜いものが、彼の些細《ささい》な一言で、小さな自分の持ちものになってゆく。

鏡を越えて、声を放って、手を伸ばして欲しがれば、抱きすくめられて、抱き返す背を、抱いてくれる人がいて。

雨音が消えた静寂の中。

囁きのような衣擦れの音までが、愛おしい音で。

「……愛してる、環さん」

この傷ごと愛してくれる人がいるなんて、昨日《きのう》まで、想像することもしなかった。

会う回数に対してびしょ濡れの頻度もさることながら、互いの家を訪れた初日にバスルームへ行くのも珍しいね、と、ベッドの中で英と笑った。一緒に風呂に入って洗濯機に衣類を投げ込んだ。

長い夜だった。

温かい衣擦れを二人で聞いた。ベッドの中でまどろんでは、目を覚まして互いに触れる。指を絡めて、何度も繋いでキスをする。

そんな時間を夜明け近くまで繰り返した。

優しく重なられて、身体中にキスを受けた。軋んで自由にならない身体で、同じようにキスを返した。

心臓の音を聞いて、英を抱いて眠った。

そして夜明けを待たせたベッドの中で。

「どうして店に来てくれなかったの」

英はあいかわらずわからないことだらけだったが、さしあたり知りたいのはそれだけだ。

口を利けば最低だが、礼儀を知らない英じゃない。

見つけたら怖くなるくらい必死で追いかけてくるくせに、リンツから歩いてたった十分の、磯月にどうして来てくれなかったのか。

もともと《来たくない》と言っていた英だ。

磯月の誰かと何かあったのか。それとも英にしかわからない、彼の道理があったのか。

「……」

英は、横向きに休んだ自分の肩に――傷口に触れ、一度目を伏せてから。

「鏡から出るのが怖かったんだ」

あのときと同じ、自分と真逆なことを言った。

「俺は愛人の子で。でも、オヤジは優しかった。五年生になるまで、知らなかった」

「英……」

心配の声を出した自分に、大したことじゃないと言いたそうな笑みを浮かべて、英は少し首を振った。

「確かめたくて、一人でオヤジに会いに行った。オヤジの本当の奥さんと、子どもがいて。オヤジも。ちょうど出かけるところで、玄関の前にいた。……俺は、それをカーブミラーで見てた」

小さな英。声もかけられずに、そこで立ち止まってしまったのだろう。

「そのとき、オヤジと目が合ったんだ。笑った気がした。出てくるなって言われた気もした。それきりオヤジ、来なくなって」

「英のせいじゃないだろう」

その理不尽は、自分の理不尽だ。

わかっていても自分を責めずにいられない。

顔をしかめた自分に、英は寂しそうな顔をして。

「それ以来、人に会いに行くのが怖くなった。母さんと同じだ。待ってるしかない。でも」

と言って、英はワックスがとれて零れ落ちてくる自分の髪を優しく掻き上げてくれた。

「環さんを、追いかけてよかったと、思った」

「英」

「必死だったよ」

英はおかしそうに笑った。

あの、熱帯魚の水槽のようなガラスの内側で、手を握りしめ、目を逸らした英。

「環さんに、もう会えないのは嫌だと思ったんだ」

外から眺める自分と、中に閉じ込められた英と。あの、透明でぜったいの隔たりを破ってくれたのは英だった。

「美容師になったのも、いっぱい人が、来るから。オヤジとか、あっちの姉弟《きょうだい》とか、来るかも、って。でも、美容室って、うちだけじゃない。馬鹿だね」

「そんなことない」

母とうまく行かず、一人で生きられるようになるのを待ちかねるようにして祖母からも逃げた自分より、父親を信じ、少しでも歩み寄ろうとした英のほうが強い。

英は、《環さん、優しいね》と目を細めてから。

「そのときも俺、馬鹿だったけど、思ったんだ。《鏡、増やせば、環さんに会えるかもしれない》って。だから、人がいっぱいいそうなとこ、大きいところがいいって、行ってみたら、環さんいたし」

「そんな理由⁉」

「うん。その後、環さん、見つけて《しまった、鏡から出ること、考えてなかった》って」

人が羨《うらや》む一流店に出てみた理由も、あでやかな水槽のようなそこから跳ね出した理由も。

「鏡の外、飛び出してみて、そこに環さんがいて、鏡の中から出るのもいいな、って、今日、思ったんだ」

勇気を振り絞って、この鏡の中から出ようとインストラクターの仕事を請け、たまたま自分を見つけて飛び出して来たと、短絡的というにも当てのない、そんな理由で英は自分を呆れさせ――――。

「雨、だったけど」

と、英は笑って不思議そうに、環の濡れた頬を撫でた。

「……笑えばいいときは、なんで泣くの」

「嬉しいからだよ」

髪が伸びてぐしゃぐしゃだったり、泣きすぎて目が腫《は》れていたり、話を聞いて、更に泣いてうまく笑えなくてみっともなくても、彼に笑って見せたかった。

軽く身体を起こして、胸を合わせ、英の背中を抱きしめた。英のにおいと体温が、鼓動までもが、しっかりとした熱を持って重なってくる。

「ホントだ、すごいね」

透明なガラスを一枚破ってみれば、こんないとおしさを抱きしめることができる。

「ねえ、俺の悲惨な過去も聞く？」

痛みを話して、背中を抱きしめられて。

雨が上がった夜明けが来たら英と、高く晴れた、青空を見に行くために。

† † †

「あ、携帯」

触れたポケットにいつもの重みがなくて、環は、自室の玄関先から室内につま先を向けなおした。

テーブルの端から新しい携帯を拾い上げてジーンズに突っ込む。

壁の鏡で、短くした髪を横目にチェックして、バッグを肩に掛けなおした。

こんな日に限ってリンツを休んでいるなんて、間が悪すぎる、と思いながら環はスニーカーに足を突っ込んだ。せっかく磯月を早上がりしてきたのに台無しだ。

英の休みくらい自分だってチェックしている。いる日だと思ってリンツに立ちよると休暇だと言われた。またあの店に出張なのかと訊くと、そうではなくてただの休みだという。

携帯電話には出ない。折り返しもまだない。

家にいるというなら行ってみようと思っていた。いなかったらロビーで待つ気でいた。

側に引っ越してこないかと英に訊くためだ。

英の部屋はリンツから遠く、別に引っ越さない理由もないと言っていた。

自分の部屋の更新期間も月末までだった。

英と相談して、この近くに英の部屋を——見つからなければ、二人で暮らせる部屋を探さないかと相談してみようと思ったのに、今日に限って英が捉《つか》まらない。

「揺らぐじゃん、馬鹿」

信じようと決めた。行く先がもしも行き止まりなら、英と二人でそこまで行ってみようと思った。

自分のヤワな決心が、波が砂を均《なら》すように消えてしまわないうちに、戻れる道を切り落として自分を追い込みたかった。

腹を括れば強いと自負はある。括るまでが徹底的に弱いだけだ。

英はもう外に出られる。人を愛せる。

それが自分でもいいのかもしれないけれど、英にはもっとふさわしい人がいるのはわかっている。

英を抱きしめたこの手から、奪われる日が来ることを想像しただけで息ができなくなる。そんなことになるくらいなら、今、最高の思い出だけを持って逃げ出したほうがいいと思った。

英には一度の恋かもしれないけれど、自分にはきっと、今度こそ一生の傷になる。卑怯だと思うけれど、きっと人生は長い。

ほら見ろ、と、吐き捨てたくなる不安がTシャツの背中を引っ張った。それを振り払い、早く出なければ、と、自分を叱咤《しった》するとき。

チャイムが鳴った。

新聞の勧誘なんかと話してこれ以上、現実を突きつけられたら動けなくなりそうだ。出かけるところだったと言って何が何でも飛び出そう。そう腹に決めて、はい、と答えてドアを開ける。そこには。

「――――……英」

見透かされたような間の悪さに、言葉を失った。

そんな自分の目の前に。

「……？」

拳銃でも突きつけるように、ねずみ色の筒束が差し出された。

ビニール袋に入った乾麺《かんめん》。

「引っ越し蕎麦」

と、英は言って向かいの部屋のドアを、肩越しに親指でさした。

「こっちの部屋より一部屋多くて、二人、住めるんだけど」

「ずっと予約してたんだ。と、明らかに以前からその部屋を狙っていたようなことを英は言う。

開けっ放しのドアの向こうに蓋の開いたダンボールが積み上げられているのが見える。電話に出られなかったのは、一人で引っ越しをしていたからだ。

「来ない?」

と尋ねる英に、思わず噴き出した。

何というタイミングだろう。

「環さん?」

どこへ出かけるところだったのかと、問いたそうな英に。

「ごめん、……ごめん、お邪魔していいかな、英」

飛び出そうとすれば、手を引かれる。

差し伸べれば抱きしめてくれる。だから。

「今度は俺が、英を抱きしめにゆくよ」

二人を隔てる、境界を越えて。

ついでに。

――振り絞ったついでじゃない？

柔らかそうで、少し寂しそうで、時折儚《はかな》い微笑《ほほえ》みの横顔を見せる恋人は、その辺で摘んだ花でも一輪くれるようにそう言った。

盆の期間を避けた。あくまで自分は他人を装わなければならなかった。

開け放った縁の向こうに、染みこむような夏の緑がある。蟬《せみ》の声をサッシで追い出して、きれいにスタイリングをした初老の女性がゆっくり畳を歩いてきた。

大きな仏間だ。立派な和テーブルには竹で編んだコースターの上で、さっそく手捻《びね》りの冷茶グラスがいっぱい汗を搔《か》いている。

よく手入れをされた大きな家で、美しく保たれた仏壇にも、新しい花が活《い》けられている。

「そう……。森田さん、……でしたかしら」

「……。はい」

短いの戸惑いのあと、自分がそう名乗ったのだということを、英《えい》は思い出した。

「遅くなって、申し訳ありませんでした」

あらかじめ用意してきた言葉を、英は濃紺の袱紗《ふくさ》と一緒に差し出した。

《手元に取っておきたいならいいけど、返したいならそうすれば？》

優しくて強い、あの人はそう言った。

《偽名でもいいと思うよ。本当はぜんぶ打ち明けて、スッキリするのがいちばんだと思うけど、それは英の中のことだから》

恋仲になった環泰之《たまきやすゆき》という人に、自分の過去を話した。

自分は庶子《しょし》で、父親は別の家にいる。

十一歳のときにこの家を訪ねたきり、父には一度も会っていない。

亡くなった母からの預り物をずっと返したいと思っていたけれど、鏡から出るのが怖くて、自分から会いに行くことなど考えられなかった。郵送も同じだ。鏡の中から郵便物が届くはずなどない。

だが、最近その鏡を出て、環の手を摑《つか》んだことで新しい世界を手に入れた気がすると打ち明けた自分に、環は《勇気を振り絞ったついでに、それも返してくれれば？》と笑ったのだ。

失敗しても俺がいるよ、と、衝動的にこの手の中で握り潰《つぶ》したくなるくらい、ふわりと柔らかい様子で笑ったから。

《板前だから、持ってるよ》

返したいのだと、机の引き出しから取り出して見せたものを切なげに眺めたあと、環はその用意をし始めた。

上品な濃紺の袱紗。中には三方を美しく折られた二つ折りの懐紙が入っている。

折り目をほどいて、そっと開くと、そこには瑪瑙《めのう》のネクタイピンが入っていた。これも環が宝飾品の手入れをする柔らかい布や刷毛《はけ》で、手垢《あか》や酸化で黒ずんでいたものを見違えるくらい美しくしてくれたものだった。

《板前って、飯作るだけの商売じゃないからね》

心の潤いとなる多くのもののうち、料理という方法を選んだだけだと環は言った。

「……懐かしい」

それを見た婦人は思わずのような呟《つぶや》きを漏らした。

そして感慨深げにしばらくそれを眺めてから。

「ご依頼人の方は？」

と訊《き》いた。

「わかりません。私は、預かっただけですから」

「そう」

それも用意してきた言葉だ。

父親の家も名字も知っていた。調べてみると転居もしていなかった。

門に囲まれた庭のある、大きな一軒家だ。松のはみ出た白塀。黒々と構えた玄関。

十一のときに見た景色と変わらなかったが、佇《たたず》まいは静かで、身動きのできなくなるような威圧感は覚えなくなっていた。

名前を偽り、電話を掛けた。知人を介して預かったものがあるから届けたいのだと言った。電話で、父は十二年前に亡くなっていると告げられた。目の前の婦人は、父の妻だ。

「確かに」

清潔な身なりをした婦人は、丁寧にそれを受け取り、両手で軽く捧げ持つようにして、仏壇の前に供えた。

広い和室に、細筆を滑らすような線香の薫りが流れる。小さな棚の向こうに開いた仏壇の奥には鏡がある気がして、英は伏せた目を上げることはできなかった。

テーブルの中央にレースのクロスがある。婦人の気配を背中で聞きながら、

「……お父さん、懐かしいものが返ってきました」

そう呟く婦人の声に、そっと息を止める。

――これでよかったのだ。

英は思った。

両親の揃《そろ》った落ち着いた家庭というものに暮らしたことはなかったが、ここが彼らにとってそうであることは、訪問してからの短い時間の中で感じた。

美しい玄関、片づいた部屋。冷たい麦茶も、まだらに冷えてくるクーラーの音も、ここで優しく生活が営まれ、それが長い日常であったことを伝えてきた。弟は――この家の長男は就職で家を離れたと言った。姉は嫁いだと。

これを壊さずに済んだことが、自分の悲しみや寂しさの対価になる気がしていた。あの小さなネクタイピンをこの家に返すことで、これがずっと守られると思うと、亡くなった母にも花を手向けるような気持ちになった。

婦人は静かに卓に戻ってきて、一礼のあと「お茶をどうぞ」と、微笑んだ。

冷えたグラスに手を伸ばす。懐かしい味がした。

「ご依頼人は、おいくつくらいの方？」

「さあ」

届けるように頼まれただけだから、何も答えられないとあらかじめ婦人には告げていた。

婦人は静かに目を伏せて、そうですか、と呟いたあと、迷うように一度目を伏せて、話しはじめた。

「亡くなった主人には別の家庭があって、男の子がいたのだと聞いています」

自分だ。

「憎んだこともありました。主人が亡くなったことも、その方に知らせなかった。でも」

婦人は仏壇前の棚の引き出しから取り出した封筒を、そっと英の前に差し出した。

「私とその方と……その息子さんも。互いにお会いすることはなかったんですが、十二年間もの長い間、主人を介して共に過ごしてきた方でしたから、赤の他人とは思えませんでした」

古い白封筒。

震えた毛筆の宛名には、見覚えがある住所と、母の名前が記されている。

「お恥ずかしい話ですが、この手紙を書いたのは、主人が亡くなってから三年もあとのことです。主人が亡くなる際、その方と息子さんを頼むと言い残されたのですが、すぐには連絡をすることができなくて」

そこまで言って、婦人は声を詰まらせて、震える指で口元を覆った。

「この手紙を出したときにはもう……」

消印は母の命日の少し後だ。母が亡くなり、この住所の家を引き払ったあと、自分は遠縁を頼った。

切手の上に、短冊に切った、小さな紙の破片がある。

『あて所に尋ねあたりません』

話からすれば、自分がこの家を訪ねた日は――今もある、あの古いカーブミラーに閉じ込められた日は、父の入院の直前、あるいは入院の日だったのかもしれない。あれきり会いに来なかったのも、自分が犯した取り返しがたい失敗のせいではなく、母が愛情を失ったわけでもなく、病という理由だったのかもしれなかった。

「入院中、主人は、ずっとその方たちを気にかけておりました。私は、看病の大変さにかこつけて、何も……その方たちにまったく構えない理由にしてしまったんです」

今にも涙を落としそうに、婦人は目を潤ませる。

「申し訳なく思っています」

そういう彼女に、恨んではいないと伝えたかったがどう言えばいいのかわからなかった。

恨んではいないし、彼らが悪いと思ったこともない。

静かに目を伏せる自分の前に、もう一度、その封筒が差し出し直された。

「もしも、ご消息をご存じなら、これを渡していただくことはできませんか」

「……いえ、俺はただ、預かっただけで」

母は亡くなり、自分はその息子なのだと告げていない。その住所にはもう誰も住んでいないし、婦人からこれ以上、何も奪うつもりはない。でも。

自分から手を、どうして差し出せたかわからない。

「――お渡しできなかったら、燃やしてもいいですか」

婦人は、よろしくお願いします、と言って、両手で丁寧に封筒を差し出した。それを、環が貸してくれた袱紗に包む。そして。

「伝言は……《これでぜんぶです。申し訳ありません》。それだけでした」

母からの伝言だけは間違いなく伝えた。これで自分の用事は済んだ。

婦人は一つ涙を零《こぼ》したあと、「お暑い中、ありがとうございました」と、畳に触れて、丁寧に頭を下げた。

遅くなった詫《わ》びをもう一度だけ繰り返し、お邪魔しました、と頭を下げて、英は立ち上がった。

「……」

鴨居の上。初めて父の遺影を見た。

十三年ぶりに見る父親は、記憶より随分と優しい顔立ちをしている気がした。

婦人に見送られ、玄関を後にした。

あの古いカーブミラーには、もう何も映らなかった。

† † †

「言えばよかったのに」

せっかくそこまでうまく話せたのに、どうして自分がそうだと言わなかったのか、と環は思ったが、それができるなら英は口べたの汚名返上だ。

古い封筒を受け取ってきただけでも上出来だと思いながら、環は九月を目の前にした、昼過ぎの細いアスファルトの道路を英と二人で歩いている。

「もう終わりでいいと思った」

隣で英がぼそりと答えるのに、そう、と、環はそれを聞いた。

確かに、真実がすべてつまびらかになればよいわけではなく、英やその婦人がそれでよければ、これ以上環が口を出すことではないと思っている。こんな手紙を英に渡すなんて、彼女はもしかしたら英のことを知っていたのか、英と話す途中、どこかで気づいたのかもしれない。

古い手紙には、英の父親が長い闘病の末、病で亡くなったこと、英たち親子のことは昔から知っていたこと。連絡が遅くなったことへの詫びと、いくらかの遺産と形見を分けたい、英の養育に困るようであれば援助をしたいとの旨、書きつけてあった。

英は、長いあいだそれを眺めていて、そのあと、もしも母が生きていたとしても何も受け取らなかったのだろうから、このままでいいのだと言って、改めて自分に礼を言った。

静かに目を潤ませた英を抱きしめて、彼が落ち着くのを待った。英の中でそれが確かに終わってしまうまで、何も言わずに英を抱いていた。

そのあと、《最近一日中考えてる》と英が言った、環が作った夕食を食べるテーブルで、米の話が出た。

一人暮らしをはじめてからも、米は買ったことがない。

自分を育ててくれた祖母は水田を持っていた。

祖母は一人暮らしで高齢だから、田は小作に出して祖母が田に出ることはないが、新米ができると送ってくれて、茶色い紙袋に入った三十キロの米袋を三つ、磯月《いそづき》に持って行くのが冬の懸《か》かりの決まりごとだった。

田舎だけどいいところだよ、と言うと、英は怪訝《けげん》そうな顔をした。

――アンタ、笑うしかしない人にしたのに？

わかりにくいことを英は言ったが、そんなにいつもヘラヘラしてる？　と訊くと、おもしろくなさそうな顔で黙った。そして。

――酷《ひど》いところ？

と夜中になって急に尋ねるから、どんな誤解をされているのかと、苦く英に問い返した。

自分の肩に火をつけたのは母親で、それ以来そんな目に遭ったことはないし、自分を引き取ってくれた母方の祖母は、面倒見のいい優しい人だった。そう説明しても納得した表情をしない英に、何だったら行ってみる？　と訊いてみた。

田舎の家だ。部屋数はあるし、母屋で親戚が多かったこともあって、知人の宿泊にも慣れっこだ。田舎料理しかないけど米と水はおいしい、と言うと、英は神妙な顔で頷《うなず》いたから、ついでに久しぶりに――――思い返せば本当に久しぶりに、帰省することにした。

電車で二時間。特急を降りて短い普通電車に乗り換える。

バスは朝夕二本ずつしかなく、タクシーも呼ばなければ来ないような駅だが、家までは、田舎道を歩けばたった十五分だ。

過疎化が進んで小さな商店はなくなって、代わりに郊外にデパートが建ったらしい。そういえば祖母は、野菜以外の食品の多くを生協で届けてもらっていると言っていた。

大雨が降ったり、真夏日が続くときは心配になって電話を掛けてみるが、最近そんな話も聞いていない。

帰省を告げると祖母は嬉《うれ》しそうな声を出した。何が食べたいかと訊くからちらし寿司《ずし》とからあげ、と答えた。

売店もない寂れた小さな駅から、碧《あお》い稲穂の海に帯のように伸びたアスファルトの道を歩く。電線の張りめぐらされた空。小さな交差点で、「通学路だったんだ」と若宮の森の向こうに覗《のぞ》く中学校の校舎を指さして歩いた。

稲穂を渡る風に乱された髪を掻き上げて、環は懐かしく笑う。

「母さんはあんな風だったけど、ばあちゃんが優しかったから、英が思ってるような不幸じゃなかったんだ」

祖母は明るく細やかな人で、グレるのが申し訳なくなるくらい親身な人だった。

「PTAは誰も一度も来なかったけどね。子どもだから恥ずかしかったんだ。うちだけばあちゃんなんて」

今どきひとり親の家庭など珍しくもないだろうけど、話題のない田舎ではとんでもない罪のように囁《ささや》かれることも――子ども心にはあるような気がしてならなかった。

「料理が上手いばあちゃんでさ。創作料理屋探したのも、ばあちゃんの影響かな」

焼いたり混ぜたりすることしかできなかった自分に、味付けや煮物を教えてくれたのは祖母だ。本格的に料理にハマったのは、みりんと酢の使い方を覚えたのがきっかけだったと思っている。

褪《あ》せた陽射《ひざ》しが照りつけるボコボコの細い道路を昔話をしながら歩き、夏草が濃いのに目を涼ませて空を仰ぐ。鱗《うろこ》雲の下に入道雲が窮屈そうに縮こまっている。夏ももう終わりだ。

英と青空の下を歩くのは初めてかもしれない、と笑った。

古いブロック塀を曲がり、山茶花《さざんか》の低い生け垣を曲がる。見慣れた家が見えた。農家の体をリフォームして外観はすっかり普通の家だ。懐かしい縁側。引き戸の玄関脇《わき》に鉢植えが無造作にころがり、花壇は赤いサルビアの花とキンセンカでいっぱいだ。

ここ、と、英に笑いかけて、

「友達連れてく、って言ったら喜んでくれた」

と、やっぱり寂しいのだろうかと思いながら、網戸にしたままの玄関を見るとき。

花壇のそばに祖母が立っていて、環は、あっ、と明るく手を振った。

驚いた顔の祖母が少し前のめりに歩いてくる。ただいま、と、手を振ろうとしたとき。

「え――……？」

目の前で立ち止まる祖母が、音もなく号泣しはじめるのに環は呆然《ぼうぜん》とした。

「ど、どうしたの！　俺《おれ》だよ。なに、びっくりした⁉」

持っていたタオルに顔を埋め、子どものようにしゃくりをあげて泣く祖母に、遅れて心配が沸き上がる。

「何があったの？　何かあったの⁉　家。ねえ、ばあちゃん！」

ずっと離れていた。声は聞いたが話は聞かなかった。うかつだった。困ったことがあってもかんたんに相談してくるような祖母ではなかった。一体何が、と、祖母の肩を掴《つか》むとき。

「ごめんねえ、ごめんねえ。帰ってきてくれるとは思わんかった……！」

「え……？　で、電話したよね⁉」

帰ると伝えたはずだ。ちらし寿司と、からあげと、ストックがあったらあられがほしいとねだりもした。

でも、祖母は自分の声など聞こえていないように、小さな肩をわなわなと震わせて泣き続ける。

「アンタ、何にも言わんから。泣かんから、頭撫《な》でてやることもできんかった」

「ばあちゃん……」

祖母が好きだった。だからもう失いたくなかった。

受容すること。許すこと。我慢すること。我慢していると悟られないこと。笑って、大丈夫だと笑って、愛情の手をそっと押しもどしてきたこと。

――引き換えに愛情が欲しい。

代償を差し出して、庇護《ひご》や愛情を乞《こ》うことは祖母を拒否することでもあったのだ。

笑うことで、泣かないことで、ずっと傷ついてる人がいた。

「俺の実家はここだよ」

ホントだ、と、後ろを振り返りたい気持ちになりながら、環は苦笑いで祖母の肩を撫でながら囁いた。

――美容師、けっこういろんなものが見えるから。

あとで英に、悪いのは自分だと話して、今から祖母に甘えようと思う。

「ただいま」

ようやく、ふるさとというものが見つかった気がして、環は照れくさく祖母に笑いかける。

少し低めのキッチンはあいかわらずで、よく手入れをされた古い鍋や器具が棚に積み重なっていた。

飾り切りをして見せて、ショウガやニンニクを卸す。もどされた干し椎茸《しいたけ》のいいにおい。かしわを煮付ける酒と醬油《しょうゆ》のにおい。

隣のガスコンロでは、里芋とイカが甘めに煮付けられている。

「ばあちゃんに煮物、かなわないな」

「板前さんが何言うの」

自分の知らないあいだに何かを入れているのかもしれないと思うくらい、祖母の煮物はおいしい。マスターの京風のそれとも違う、身体《からだ》に染みる《田舎の味》だ。

台所に立つ自分と祖母を、茶の間でテレビを見ながら英が待っている。英は、お笑い番組をものすごく深刻な顔で観ることを最近知った。正直言って番組よりもそっちのほうがおもしろい。

木のまな板の上で材料を小さく刻む祖母の手を見ながら、苦労した手だな、と、環は思った。

指先の曲がった、しわの寄った黒い手だ。

娘の看病をしながら、小さな自分を引き取って、泣かない自分が申し訳ないと泣いてくれる人。

白髪のあいだの薄いつむじが見えるくらい、小さく見えるようになってしまった祖母に、もう大丈夫なのだとうまく伝わったのだろうか。

長く曖昧《あいまい》な孤独を、居間で窮屈そうに手足を折りたたみ、仏頂面でお笑い番組を凝視している男が破ってくれたのだと、どんなふうに話せばいいのだろう。


板前の道は、長く遠いことを環は痛感する。

絶望に暮れそうになるくらい、途方もなく、

「すっごい旨《うま》い、ばあちゃん……」

祖母の田舎料理は旨いのだ。

「そう、よかったあ」

屈託なく、少女のように祖母は笑った。

英は、視線を上げるのを惜しむくらい、黙々と食べている。祖母と思わず顔を見合わせて笑いあうくらい、ものも言わずにただ黙々と食べ続ける。

食事をする人を見る職業だから、客がいちばんおいしいと感じている様子くらいよく知っている。集中しすぎて、気持ちがいいくらいだ。

無口な英は放っておいて、祖母と最近の話をした。職場のこと、生活のこと。むこうは家

賃が高いから、英と部屋をシェアしていると話したら、秋の新米を増やそうかと、英の食べっぷりを眺めながら祖母は笑った。

（祖母の目から見ても）英が男前なこと、こんなに無口なのに美容師であることを教えると、人なつっこい祖母は、パーマをかけてもらいにいこうかなと笑っていたが、それに頷くところを見ると、話は一応話は聞いているようだった。

「ひ孫の顔は見られそうなのかな、木ノ下さん。泰之は木ノ下さんほど男前じゃないから」

と言うそれに、それはちょっと無理そう、と、心の中で少し申し訳なく環は笑った。

祖母を泣かせてしまうかもしれないが、それでも幸せだと言えば、祖母ならきっと解《わか》ってくれると思う。

ごめんね、ばあちゃん、これが俺の恋人です。

言わずに済めば——いつか言うかもしれないその一言を呑《の》み込みながら、それでも後悔はしない。

そう思う自分の目の前で、英が不意に顔を上げ、

「大事にします」

と、ぼとんと言った。一瞬ひやりとしたが。

「木ノ下さんはモテそうだから、余ったら泰之に紹介してやってね」

と祖母が明るく笑うから、自分も笑った。木ノ下は珍しく、「また来ていいですか」と訊

いた。

いいところだと思ってくれたらしい。

うん、と、本当に嬉しそうに祖母は笑った。じっとそれを見る英が何を思ったか、環にはわかってしまった。


「ばあちゃんと俺、似てると思っただろ、さっき」

自分の部屋でもよかったが、庭に面した空き部屋に布団を敷いた。今年は九月になっても残暑が厳しいが、この部屋なら川からの風が通って涼しい。

「……」

何でわかったの、という沈黙を英は生んだ。言葉より無言の間のほうがわかりやすい男など、客商売もそろそろ新人の域を出る自分だが、初めて見る気がしてならない。

「環さん、笑ってないときと、違うときの色が違うから。笑ったときは、おばあさんに似てる。いいと思う」

「英ってさ……、いつも」

やはりわからない英の言葉はわかりにくくて、でも理解されてしまっていて、それがわかってしまって、言いかけて、言葉を失って、環は布団の上にTシャツと綿パンツの身体を起こした。

来る？　と、隣の布団の英が、夏布団の端を持ち上げる。それに。

「――……なんでそんな俺のこと、わかるの」

小さな声で訴えるように呟いて、同じように、Tシャツをパジャマにして眠る英に抱きついて、首筋にこめかみを押しつける。

祖母を騙《だま》そうとした。自分ごと騙して、信じ込ませようとして、今ではどれが本当なのかわからない自分の笑顔を英は見分けて、それが祖母の笑顔と似ているという。

「ここには鏡なんてないのに、何で、英には見えるの」

隔てるものも映すものもここにはないのに。

英は、

「ここと か」

と言って、環の手首を握り、ホクロのある英の左目の上に当てさせた。そして。

「ここに映るから、鏡より、すごくよく見える」

心臓の上に手を当てさせられ、そのまま引き寄せられてキスをした。

風呂の湿気が消えて、入浴剤のさらさらとしたにおいが残る身体で抱きあうと、火照った肌の熱さがTシャツ越しに滲《にじ》んでくる。

静かに抱き込まれ、英の下に敷き込まれて優しく始まる愛撫《あいぶ》に少し怯《おび》えると、今日は挿《い》れないよ、と、労《いたわ》るようなことを言う。

こんな優しい夜は思い切り泣かされてみたい気がするけれど、自分が決心したからと言って、むやみに祖母を心配させる気はないという英に宥《なだ》められる気持ちになった。

キスと愛撫。手のひらや頬《ほお》を擦りつけあって、英をいとおしみながら。

「いいところだろ？」

「うん。茄子《なす》も旨かったよ」

笑顔を見せながら逃げ出した場所に懐かしさを覚えると、記憶の中から小さな頃《ころ》の自分の泣き声が聞こえる気がした。

「夏に、裏の川で蛍が見られるんだよ」

「環さんと見たい……」

それは悲しさや怒りや不安ではなく、安堵《あんど》と恋しさを訴える、素直な魂の声のようだった。

「うん」

「また来ていい？　環さん」

「うん。縁日とか、今度はゆっくり、予定を立ててこよう」

ついでや言い訳ではなくて、英と思い出を作るために。

「声、我慢できる？」

「……我慢できなくなったら頼む」
と英のしなやかな首筋に腕を巻きつけてキスをねだらなくても、掻《か》き消えてしまうくらい
――もう虫の音が大きい。

あれもこれもと野菜や乾物を持たされて、ついでに磯月にもお世話になるからお届け物を、と積み上げていたら、とうとう持てる量を大幅に超えてしまったから宅急便を送ることにした。だったらついでにあれもこれもとさらに追加され、クール便も追加になって一ヶ月くらいそれで暮らせそうな量になってしまった。

日中に磯月にそれを届け、保存の品を冷蔵庫や保存棚に振り分けて夕飯を作るが。

「あー……ダメだ。何が足りないかわかんない……」

味見の小皿を片手に、エプロン姿の環は大きなため息をついた。

忘れないうちに、と、昨日《きのう》と同じ煮物を作ってみたがどうしても同じ味にならない。

材料や調味料が違うのかと思ったが、今日は乾物もだしも醤油も祖母の家からもらってきたものだ。同じ味にならないのは、間違いなく自分の腕のせいだった。

キッチンに英を呼んだ。

「昨日と同じ味がしないよね。甘い？　薄い？　醤油足りない？」

と言って煮汁を乗せた小皿を渡すが、英は、おいしいと言うだけだ。期待はしていなかったが、最後の綱を断たれた気になった。自分の手ではもうどうにもならない。

「まあ……いっか……」

祖母には勝てない気がするが、さすがに地の物の味は格別で、少なくとも磯月で煮物鉢として出せる味ではあるはずだ。

――ばあちゃん、何か分泌してるのかも……。

そんなことを思いながら、搗《つ》いたばかりの炊きたてご飯を英に盛らせ、秋の野菜の天ぷらと、特産の湯葉とスダチの吸い物、煮物の鉢の夕食となった。

英は、《おいしすぎて太る》と心配そうにしていたが、コンビニ弁当よりはるかにカロリーは低い。料理屋ナメんな、と言い渡しておいた。おいしくて、身体によいものを作ろうとする店の板前だ。

整ったテーブルに座り、いただきます、と向かい合って手を合わせる。

ピカピカの早場米は新米。さくさくの野菜天と、貝柱と鱚《きす》を開いて冷凍にしておいたからそれを揚げた。紅葉卸しにしないかわりに、大根を辛く磨《す》る。先端を直線的に磨り下ろせばぴりりと辛い卸しになるし、根本に近い方を円を描くように丸く柔らかく磨れば甘い卸しになる。

「辛いの、旨い」

英は無口だが、舌の反応はよく、こうしてときどき環を嬉しくさせる。

「環さん、やっぱり、おばあさんに、似てる」

「今度はちゃんと笑えた？」

「ん。それもある、けど、すごく、楽しそうに、料理作るね」

「そうだね。好きだよ」

作り始めれば夢中になるし、自分を支えてくれたのもやはり料理だったのだろうと思う。

「ばあちゃん、あんなふうにこまめでね、俺はおいしいもの食べて育ったと思うよ」

春には春の、夏には夏のおいしいものを、きちんと食べて大きくなったと思う。冬至には南瓜《かぼちゃ》、正月にはお節、彼岸のおはぎ、自家製の梅干し。夏には畑で作った太陽味のトマトと、緑色味のキュウリとピーマン、枇杷や柿をちぎって、冬には家で作ったおかきをストーブで炙《あぶ》ったものがおやつだった。

両親がいなくて、あんなこともあって、自分を不幸と見る人は多いかもしれないが、無いものねだりだ。上を見れば切りがない。

行ってよかったと思っている。何よりも英に、自分は不幸ではなかったのだと伝えられた気がする。

「ばあちゃん、すごい嬉しそうだった。英、豪快に飯食うから」

どれほど褒められるより、脇目も振らずに黙々と食べる姿が嬉しいものだ。おかわりと言われたら最高だ。ずっと眺めていたくなるくらい気持ちのいい食べっぷりだった。今日も。

言葉少なに、真剣な顔で食事をする英が嬉しくて。

「俺も、お客さんが喜んでくれるのが好きでね」

食べてくれる人が幸せになってくれるといいと願った。おいしそうな顔をしたり、笑顔を見たりするのが何より嬉しい。報われる気がするのだ。手間ではなくて、この気持ちが。

「今みたいにおいしいって言われると」

と、英が一言落とすように言った声が嬉しいのだと笑おうとしたとき。

「……」

テーブルクロスを雫《しずく》が打って、環は英を見つめたまま目を瞬かせた。

「環さん……?」

自分でも不思議なくらい感覚がなく、感情をすり抜けて、胸の前に続けて雫が落ちた。

ゆっくり、ゆっくり、それが何を欲しがっているのかに思い当たって、ぐっと胸にせり上がる感情に環は息を止める。

料理を作るのは好きだ。でもなにより。

「――誰かのために、ご飯を作ってみたかった」

特別な誰かのために、唯一の人のために、料理を作って、旨いと言ってほしかった。

たった一言。自分がずっと欲しかったのは、そんな些細《ささい》でくるおしいほど恋しいその一言だ。

英は、持っていた箸《はし》を名残惜しそうに置いてから、

「旨いよ。おばあさんのご飯も旨かったけど」

英の言葉は不器用で、嘘《うそ》がない上に、

「環さんの飯が、今まで喰った中でいちばん旨い」

この世でいちばん欲しい言葉を投げ寄越してくるから、かんたんに殺されてしまいそうだ。

† † †

勤め先の美容室《リンツ》で、環の様子は、客が話していたことに近いのではないだろうかと、英は考えたことがある。

「んう……っ――……！」

ぎゅっとしがみついてくる環の腕を首筋に巻かせながら、汗に濡《ぬ》れた背中を抱く。

「英……！　ねえ……！」

身体が慣れるのを待ちきれないようにして、環は自分を欲しがった。

痛みを堪え、快楽もまだ少ないのは、引き攣《つ》る身体の動きや、冷たくこわばる肌が何より自分に伝えてくるのに、気持ちがいいのだと嘘を吐《つ》いて、大丈夫なのだと泣きながら環は笑った。

《モンロースマイル》と言うのだと、ダンススタジオの講師だという男性客が言っていた。オーディションなどで、ひときわ笑顔が輝く子どもの多くが、愛情の不足を感じていたり、虐待、もしくは常に緊張を強いられる状態にあるのだという。本人の自覚があるにせよないにせよ、虐待が暴力に及ばないにしろ、彼らにとって何らかの苦痛である場合も含めてだ。

無意識に愛されようとする。敵意がないこと、友好であろうとすること、許すこと。それを示してぬくもりの欠片《かけら》を拾い集めようとする。居場所を得ようと、とても愛らしい笑顔を振りまくのだ。

そんな笑い方をするくらいなら、泣けばいいのに。

そんなこともわからない人に、必死で伝えてみたがどうにも環に届く気がしなかった。

生来の口べたを今さら不自由に思ったことはないが、こればかりは苛立《いらだ》たしいくらい教えたくてならない。

「ね……。環さん。教えて」

逃げたがっても、けっして拒まない環が怖い。

環が本当に嫌なことも、本当に辛《つら》いことや嫌いなことも、その笑顔に隠されて、ある日突然、本当は嫌だったと言いはじめて捨てられるのではないかと思うと、ぜんぶを晒《さら》させ追い詰めて、本当の本音を吐かせたくなる。

浅い吐息に塗《まみ》れる環の身体が少しずつ熱くなってゆくのに安堵しながら、どうしても心配は消えない。

熱い内臓の奥に深く分け入って、いちばん柔らかい粘膜どうしで擦れ合っているのに不安がまた降り積もってくる。

「い……い。英。……気持ち、いい」

最近、セックスに少しだけ慣れた環の脚の間がゆるく兆しているのがいとおしい。それでも、夕方のテーブルで、あんな、泣くことを知らない人のような泣き方をする人だから。

「あ……！　深、ぁ……あ、ああ！」

もっと声を上げて、ぐしゃぐしゃにして泣けばいいのに、と思ってしまった。苦しいならもっとしがみついて泣けばいいのに、と。

「え、い。……無理、できな、い！」

苦しがっても怒らずに、許しを求めようとする人が焦《じ》れったくて、

「《ついでに》」

あの件以来、自分の中で呪文《じゅもん》のようになってしまった言葉を囁いた。

環がくれた勇気。《ついでに》田舎に行った環。

ぜんぶそんなふうに溶けてぶちまけてしまえばいいのにと、どうにかこの人が壊れないものだろうかと思って、泣かせたいわけではないのにと、相反する衝動と欲求に、理性がぐだぐだになってゆくのを英は感じる。

「英……、もう、駄目……。無理……！」

肩に腕をついて、逃げようとする環は不意に、思いついたように。

「《ついで、に》……、聞いたら、優し、く、……してくれる？」

痛そうに、でも、どこか楽しそうに環は笑った。それにとっさに心配がまた沸き上がって、思わず口を手のひらで塞いでしまいそうになったが。

「ついでに……っ、告白、する、ね」

涙がいっぱいの笑顔は少しだけ苦くて、それでも急に摑めなくなりそうないつもの薄い笑顔ではない、きれいに潤んだ瞳で自分を見つめていた。

「恥ずかしい、けど。俺ね」

抱いて、と手を伸ばされるまま抱きしめる耳元で。

——男も女も英が初めてだった。

「！」

《ついでに》してもあんまりな、怖《おそ》ろしい呪文を吐くから。

「そういうの、駄目、だよ、環さん！」

「え。――――あ？　うあ、あ！」

初めて。初めて。初めて初めて。

こんな体温も、泣き顔も、少し得意そうな笑顔も、汗に湿った肌も、柔らかい内臓も、潤んだ視線も、縋《すが》る指もぜんぶ、自分が初めてなのだと環は言う。

「見せないで。誰にも。俺だけに見せて」

「あ、ああ！　い……っ、あ！」

もっと見たくなって揺すってしまう。手首を押さえ込んで、脚を開かせて、誰も知らないこの人のいちばん奥を感じたくなる。

「待っ……、て。そんなに、された、ら！」

手の中で追い立てる環の熱はまだ、しっかりとした芯はない、でも。

「あ……！」

ぬるっと手が滑る感触と共に、思い切り繋《つな》がる場所を絞られたから。

「……《ついでに》……？」

と、呟く言葉を間違えた英の右肩に。

くっきりと並びのいい歯形がついたのはまさに、ついでの話である。

あとがき

爆発しません第二弾をお届けします。玄上八絹です。さりげなく一項目減ってないかという質問は、心の中だけでお願いします。

美容師と板前。身近な職業で、共通点は話題や知識が豊富なこと。そして、両方の職業の方からその理由を伺ったんですが、《よい時間を過ごしていただけるように、勉強してるんですよ》とのことでした。おもてなしの心に感心しきりです。

そんな尊いおもてなしの心を極めんとしながら、ちょっとアンバランスな二人です。支え合って、よい職人さんになってくれることを祈ります。仕事してる男性は色気三割増しに見えます。プロフェッショナルってかっこいいです。

思わずため息が零れるような素敵なイラストを下さったのは、鈴倉温先生です。表紙のカラーを拝見したときは、きれいなものがいっぱい詰まった箱を開けたときのようでした。

全編通して、びしょ濡れで、どれほどご苦労をお掛けしたかと思うと、申し訳ない気持ちでいっぱいですが、色っぽさを存分にアップして描いて下さって本当に嬉しかったです。キャラフも宝物です。ありがとうございました！

このお話を書き上げたあと、草の生い茂る山道で土砂降りに遭う事態に陥りました。心中で彼らに《ごめんなさい》と呟きました。為す術もなく頭からびしょ濡れというのは、中学生以来くらいじゃないかな。環の呪いだと思っています。

今回もたくさんの方に助けていただきました。

優しく細やかにして下さる担当様、「何も訊かずに答えてください」という世にも怪しいお願いごとに、お仕事について細かいことを教えて下さった、行きつけの美容室の私の担当様（ここはご覧にならないでしょうけれど）、励ましてくれた友人たち。

そして、ここまでおつきあい下さいました、読者の皆さま方にも、心より御礼申し上げます。

どうか少しでもお楽しみいただけましたように。

また、お目にかかれることを心から祈っています。

七月吉日

玄上　八絹

✦初出　背中を抱きたい……………書き下ろし
ついでに。……………………書き下ろし

玄上八絹先生、鈴倉温先生へのお便り、本作品に関するご意見、ご感想などは
〒151-0051 東京都渋谷区千駄ヶ谷4-9-7
幻冬舎コミックス　ルチル文庫「背中を抱きたい」係まで。

幻冬舎ルチル文庫

背中を抱きたい

2010年7月20日　第1刷発行

✦著者	玄上八絹　げんじょう やきぬ
✦発行人	伊藤嘉彦
✦発行元	株式会社 幻冬舎コミックス 〒151-0051 東京都渋谷区千駄ヶ谷4-9-7 電話 03(5411)6432[編集]
✦発売元	株式会社 幻冬舎 〒151-0051 東京都渋谷区千駄ヶ谷4-9-7 電話 03(5411)6222[営業] 振替 00120-8-767643
✦印刷・製本所	中央精版印刷株式会社

✦検印廃止

ISBN978-4-344-82002-9　C0193　Printed in Japan